やや黄色い熱をおびた旅人

HARADA, Munenori
原田宗典

やや黄色い熱をおびた旅人

岩波書店

目次

装丁　桂川　潤
装画　五島三子男「漂泊」

黄色い紙の事情

その紙はやけに黄色い――そう思うのは、私がその紙の正体を知っているからだろうか。先入観とやらが、紙の色を実際以上に黄色く見せているのだろうか。いずれにしてもかなり黄色いその紙は、もう随分と長いこと私の革の手提げ鞄の中に入れてある。三年、いや、そろそろ四年にもなろうか。旧パスポートよりも一回り小さいくらいのサイズで、嵩張るわけでもないので、名刺や通帳やダイレクトメールなどのおおむね薄っぺらいものと一緒にして、鞄の内ポケットの中に何となく入れたままにしてある。まあ、護符みたいなものだろうか。だから私はしばしばその存在を忘れてしまうのだが、それが思いがけない時にふと甦ってくる。初対面の人に名刺を渡そうとする時や、銀行の窓口嬢を前にしてあたふたと通帳を探す時などに、その独特の黄色が目の端にちらつくのだ。その度ごとに私は、

「ああ、あるな……」

と心の中で呟く。別に提示する必要に迫られることなどないのだが、持っていてよかった……ような気がするのだ。役には立たないと分かっていながら、棄てる気などには到底なれない。何しろ

その黄色い紙の表には、日英仏の三カ国語でこう記されているのだ。

〈黄熱の予防接種に関する国際証明書〉

三ツ折の中を開くと、そこには私の姓名や生年月日、性別などが黒々とタイプされていて、その下に私自身の手による間の抜けた署名がしてある。

〈この証明書は、上記に署名した者が、ここに記入した年月日に黄熱の予防接種又はその再接種を受けたことを証明するものである〉

一九九七年六月十九日――。

タイプされた年月日に続いて、予防接種実施者の署名および職業上の資格、ワクチンの製造所や製造番号などが添えてある。

〈この証明書は、使用したワクチンが世界保健機関によって承認されたものであり、かつその予防接種実施施設が、その所在領域の保健主管庁によって指定されたものである場合に限り有効である。この証明書の効力は、予防接種が行われた後十日から十箇年の期間又はこの十箇年の期間内に再接種が行われた場合にはその再接種の日から十箇年の期間となる。この証明書は、医師が自筆で署名しなければならない。その者の印が公認のものであっても署名に代えられない。この証明書は、改訂し、若しくはまっ消したとき、又は不完全なときは、無効とすることがある〉

この簡潔だが口うるさい口上は、日英仏の三カ国語で記されている。

そうなのだ——私が何年もの間、鞄に入れて持ち歩いていた黄色い紙というのは、私が黄熱病の予防接種を受けた者であることを証明する、国際証明書なのだった。そうと知っているからこそ、私の目にはその紙の色がやけに黄色く映ったものか……ともあれ私は目の端にちらつく黄色を意識すると同時に、ぼんやりと思い出す——一九九七年の夏のことを。中でも予防接種を受けた日のことは、よく覚えている。

場所は、丸の内のオフィスビルの中にある診療室だ。エアコンの冷気に混じって、かすかに漂う消毒液の匂い。受付ですれ違った黒人青年の酒糟じみた体臭を思い出す。二メートル近い長身の彼は、どちらかの脚が悪いのか、自分にしか聞こえない音楽に合わせて身体を左右に揺さぶるかのような歩き方で、エレベーターホールへ消えていった。その後姿は、何かの予兆のように思えた。

受付を済ませてからは、それほど待たされることもなかった。小さな郵便局のそれを想わせる待合所に入ると、私は壁際のソファに腰を下ろした。しかし落ちつく暇もなく、すぐに私の名前が呼ばれる。

「三番の診察室へお願いします……」

受付の無表情なお嬢さんにそう言われて、私はやや緊張した面持ちで立ち上がった。三番というのは、すぐ真正面にある扉だった。

「ふう……」

と一旦肩で息をしてから、私は扉の方へ歩み寄った。厄介な仕事を一つ済ませる——という気持が、私の中にはあった。

扉を開くと、中は中学校の保健室くらいのスペースで、そこにこれもまた保健室の先生風の女医がいた。書きものの手を止めて振り向き、私のことを見つめてくる。なかなかの美貌だったので、目が合った私はどぎまぎした。

「座っていいですか……」

相手の答えも待たずに、私は目の前のスツールに腰を下ろした。突っ立っているのが何だか恥ずかしかったのである。

女医は私に対して、過去の病歴やアレルギーの有無を手短に質問した。そして机の上のアクリルケースの中から、ワクチンのアンプルと注射器を取り出した——それは思っていたよりもずっと小粒で、束の間、私をほっとさせた。

しかしながら実際に二の腕にゴムバンドを巻かれ、身体の中にワクチンを注入されてみると、その痛みというのは今までに経験したことのないものだった。思わずウッと声を上げそうになるのを堪えて、余所へ目を逸らすとその先には、女医の冷めた視線があった。

「はァい……気持が悪くなってきたら、言って下さいね」

言い慣れているのだろう、その口ぶりはまるで歌うようだった。

そう言われてみると不思議なもので、何だか気持が悪くなってきたようにも思える。こわごわ女医の手先を見ると、彼女の華奢な指先はやけにゆっくりと、搾るように注射器のポンプを押し込んでいた。その緩慢な動きに合わせて、シリンダー内の黄熱ウィルスが、少しずつ少しずつ私の体内に送り込まれている。黄色いウィルスが肉体の中に溶けていく様子を想像して、私は正直ぞっとした。瞬間、身体をこわばらせてしまったほどだ。

一九九七年の夏――それは私にとって、一言で形容するなら〝何だか柄にもない夏〟であった。

何しろこの夏の私は、柄にもなくテレビの仕事をしようとしていた。NHKのドキュメンタリー班が、終戦記念日の特別番組として、現代の若者たちの「戦争と平和」を取材したいとの話で、そのレポーター役を是非に、と請われたのである。番組の若いディレクターが言うには、今現在この日本から飛び出して、世界各地で「戦争と平和」に関わる活動をしている若者たちを取材したい、「戦争を知らない子供たち」すら知らない子供たちにとっての戦争観・平和観を描きたい――ようするに硬派なドキュメンタリーに仕上げたいというのだ。

終戦記念日に「戦争と平和」を真っ向から問う。そんな大仰な番組のレポーター、つまり案内役をつとめるなんて、私にとってはどう考えても〝何だか柄にもない〟仕事であった。実際に海外取材の日程が固まり、取材先や対談の相手が絞り込まれて、番組が徐々に現実味をおびてきても、今ひとつ私には実感がわかなかった。

「ジュネーヴでは国連難民高等弁務官に話を聞く。予定時間三十分」

「アフリカのエリトリアでは、憲法制定の経緯などを法務大臣にインタビューする予定」

「ユーゴスラビアではベオグラード郊外に、ボスニア・ヘルツェゴビナの戦火を逃れたセルビア人の難民施設を訪問」

日を追うごとに次々と知らされてくる取材予定は、いずれも私にとっては〝何だか柄にもない〟予定ばかりで、他人事を聞かされているようにしか思えなかった。

そんな調子で、何とも現実味のわかない旅行前の慌ただしさの中にあって、唯一黄熱病の予防接種の痛みだけが、強烈に現実的だったのだ。

予定では、アフリカからジュネーヴ、ユーゴスラビア、タイ、カンボジアなどを巡る、二十日間の取材旅行になるはずであった。おそらく最初のアフリカか、カンボジアのどこかで、黄熱病発生の恐れがある区域を旅することになるのだろう――それにしても黄熱病とは。私はすぐさま野口英世の顔を思い出した。しかしそれ以外には何ひとつ思い浮かばないことに、やや愕然としてしまった。いずれにしてもこの私が、黄熱病で死にかねないような地のはてまで、旅することになろうとは。

　四年前の夏にあんな旅をしたなんて、自分でも信じられないくらいなのだが、例のやけに黄色い紙が、それを証明してくれているのだ——だから鞄を開けた際にその紙の黄色が目の端をかすめると、

「ああ、ちゃんとあるな」

　そう思うと同時に、私はちょっとした誇りのようなものを感じてしまう。もちろん未だにそうなのだ。だからあの旅から四年が経とうとする今となっても、私はやけに黄色い紙を持ち歩いたりしているのだ。もしかしたら私の中に、旅はまだ終わっていない、という意識があるのかもしれない。

　何しろ黄熱病の予防接種の効力ときたら、十年間、つまり二〇〇七年の六月まで続くというのだ。それは換言するなら、私の体内に注入されたワクチンとしての黄熱ウィルスが、そのまま十年間生き続ける——というシュールな現実を物語ることになるのでは？

　私は自分自身の体内のどこかしらで深い眠りについている黄熱ウィルス、というものをイメージしてみる。接種した直後のあの厭な痛みと、気持の悪さが一瞬甦る——それは異生物に侵入されん

とする肉体の〝嘆き〟だったのかもしれない。肉体が内側から嘆くと、あんなに辛いものだとは、私は知らなかった――。

イズント・シー・ラヴリィ

それは、聴き覚えのある曲だった――。

まどろみの中で私は、耳を澄ます。

何という曲だったか……深いところに澱んでいる記憶を浚おうとすると、それに伴って少しずつ意識がはっきりしてくる。同時に、寝しなにようやく鎮まりかけていた頭痛もまた、こめかみの辺りで疼き出す。

小さく呻きながら、寝返りをひとつうつ。そのままうつ伏せになって、枕の中に顔を埋めようとする矢先、それが変に獣臭かったことを思い出して、私は反射的にウッと息を詰めた。

辺りは、ぼんやりと薄暗い。

ややあってから私は、眼鏡をかけたままであることに気づく。そして大慌てで自分がどこにいるのか考えようとする。

紅海に面したアフリカ北東部の小国、エリトリア――その首都アスマラのホテルの一室に、私はいるのだった。アンバサダーという大袈裟な名前のこのホテルに滞在して、もう三日めになるのだが、未だにアフリカ大陸にいるという実感が伴わないのは何故だろう？　エリトリアは高地にある国で、長袖が必要だと予め聞いていたから、灼熱の太陽や密林や猛獣などを期待していたつもりはないのだが、私は自分がアフリカ大陸にいることをすぐに忘れてしまうのだった。

七月だった。

上体を起こして、私は防臭のつもりで枕に巻きつけておいたバスタオルがずれてないか、薄暗闇の中で確かめる。もっともこのバスタオルにしても、生乾きの状態でタオル掛けにかかっていて、いきなり顔を拭うのは憚られた代物だ。それを獣臭い枕に巻きつけたからといって、急に花園の夢が見られるわけではない。気休めにすぎないことは百も承知の上で、私は改めてバスタオルで枕をくるみ直してから、もう一度横になった。

その間もずっと途絶えることなく、例の曲は流れ続けていた。

寝起きの私を囃し立てるかのように、軽快で明るい調子の曲だ……誰の、何という曲だったか。私は知っているはずだった。束の間頭痛も枕の臭いも忘れて、小声で口遊んでみる。と、その時不意に、メロディラインを奏でていたサキソフォンが音を外し、まごついてなかなか取り返しがつかなくなった。周りから起きる失笑や冷やかしの拍手を耳にして、初めて私はそれが生バンドの演奏であったことに気づいた。

すっかり目覚めているつもりでも、もしかしたら私はまだ寝惚けていたのかもしれない。てっきりレコードかCDをかけているのだとばかり思っていた。道理で聴き心地に妙な違和感があったはずだ。きわどいアドリブかと思っていたのも、実はただ単にヨレているだけだったのだ。おそらく奏者は皆、かなり酔っているのだろう。

金曜日の夜だった。

そういえばこのホテルの大して広くもないロビーの奥に、バーだかラウンジだか、何しろ一杯やれそうなスペースがあったのを、私は思い出した。折しも週末の夜とあって、あそこに生バンドが入ったのだ。頭さえ痛くならなければ、私も今頃は取材班の三人と一緒に、酔っぱらっているはずだった。しかし暗くなるにつれ、頭痛はじんじんと激しさを増してきて、とても飲みにいける状態ではなかったのだ。

私はベッドの上で寝返りをうち、改めて室内の薄暗闇に目を凝らした。

右手のライティング・デスクの片隅に置いてある、エビアンのペットボトルのシルエット……。見るなりたちまち喉の渇きを覚えたが、それはベッドに入る前に、アスピリンと一緒に飲み干してしまって、空のはずだ。もう一本のエビアンは、バスルームの洗面台に置いてある。

すぐにでも飲みたいのは山々だったが、起き上がるのはひどく億劫だった。それに、洗面所へ行くには、ちょっとした勇気も必要だったのだ。

実は今朝、洗面台の水道で顔を洗った直後のことだ。ふと目の前の鏡を見ると、そこには大人の掌ほどもある蛾が、何気なくとまっていた。太い胴体は赤茶と黒の縞紋様で、羽の全面に鱗粉のまとわりついた厭らしい毛が生えている――私は背筋に電気を走らせて跳びのき、便器に蹴つまずいて、危うく仰向けにすっ転びそうになった。バランスを失い、宙を掻いて泳ぐような格好で洗面所を飛び出し、大慌てで扉を閉ざしたのだったが……あの後、蛾のやつはどうなったろう？　ホテルのルームメイクのおばさんが気づいて、追い出してくれていればよいのだが。

昼間、ロケバスの中で、地元ガイドのマコーネン氏に聞いたところによると、この一帯には、確かに毒のある蛾も何種類か棲息しているらしい。その鱗粉が目に入って、運悪く失明にいたった人も少なくないのだという。

「でも、ドクのガーはそんなにおっきいないですネ」

マコーネン氏は苦笑まじりにそう言って、平気へーキと私の肩を叩いてくれたのだったが、私は全然平気ではいられなかった。第一彼にとって、掌大の蛾は大きいのか小さいのか、それすらも見当がつかないのだから。

ベッドの中で私は、あの時、一瞬にして目に焼きついてしまった毒々しい蛾の姿を反芻し、思わず身震いをした。そして自分は、あんなものが平気で棲息するような土地に来てしまったわけだ、と今さらながらに思い知ったのだった。

一階から響いてくる酔客たちのざわめきは、いつのまにかおさまりつつあった。ふッと急に静かになったかと思うと、もう一度曲の頭から演奏が始まった――いかにも慎重な指遣いでキーボードが先行し、ややあってからサキソフォンが入ってくる。失敗して開き直ったのか、さっきよりもずっと威勢のいい吹きっぷりだ。

耳をそば立て、それが何という曲だったか、私は改めて記憶を辿り始める……と、すぐに鈍い頭痛が横槍を入れてくる。病気、というよりも、そうなるのはこの街自体が高地にあるためなのだろう。思いの外空気が薄くて、ホテルの階段を三階まで上るだけでも、息が切れるほどなのだ。生バンドの演奏がやけに下手糞なのも、ひょっとしたら空気のせいかもしれない。

アフリカ、か。

私はまた自分がどこにいるのかを確かめるように、呟いてみる。アフリカ、エリトリア、アスマラ、アンバサダー、と順に呟くと、何やら呪文のように思えてくる。そんなところに今、自分は居るのだ。

何もかも勉強不足のまま日本を後にしてしまった私は、到着数時間前のエチオピア航空機内で、ようやくこれから自分が訪れようとする国、エリトリアについての知識をにわかに仕込む有様であった。番組の若いスタッフが掻き集めてきてくれた資料の中に、ナショナルジオグラフィック誌の日本版の記事のコピーが数頁あって、私はまずこれに目を通した。

「胸が熱くなる国、エリトリア」

そんな見出しが、控えめにレイアウトされている。筆者はおそらく白人青年だろう、初めて訪れたエリトリアの印象を、駆け足でまとめたものだ。

そこには、エチオピアとの三十年にわたる戦争を闘い抜いて、ようやく三年前に独立を勝ちえた若き国、エリトリアの国内事情が、キレのいい文体で紹介されていた。三十年戦争によって、国内はすっかり荒廃し、中でもエチオピア軍の手で根こそぎなぎ倒され、刈り取られて消滅せしめられた森や林は、目を覆いたくなる有様である。ゲリラたちが身を隠すことができないように、三十年もかけてそんな馬鹿なことをしたのだという。筆者は、エリトリア国内に残る戦争の傷痕をひとしきり強調しておいてから、「しかし」と続けていた。エリトリアは人の胸を熱くさせる国である。数あるアフリカの独立国の中で、アメリカにノーと言った誇り高い国は、エリトリアだけである。彼らは、三十年闘ってきたエチオピア軍の背後に、最初はソビエトの影があり、続いてアメリカの影があったことを知っている。アフリカ大陸のこんな辺境の地を、何故大国たちがこぞって手に入れたがるのか？　それはエリトリアが高地に在ることと関係している——というのもこの地に大型のレーダーを設置すれば、南半球のほぼ全域の情報がカバーできるらしいのだ。だからソビエトもアメリカもエチオピア軍に肩入れして、この小さな高地国を手に入れようと躍起になったのだ。そしていざ戦争が終わってみると、急に友人面をしてすり寄ってきたアメリカに対して、エリトリアはノーと言ったのだ。確かに戦争で国土は荒れはてたけれども、人々の心は荒廃していなかった。現在、エリトリアの国内では、全国民のボランティアによって、植林が進んでいる。筆者は、労働大臣自らが上半身裸になって作業をしている様子を伝え、こんな大臣が世界中のどこにいるだろうかと問いかけていた。そして自分自身も、街でふとこんな光景を見かけたと紹介していた——自分の前を歩いていたご婦人が、舗道の真ん中で急に立ち止まって、しゃがみ込んだのだ。落とし物かな、と思って目をやると、彼女は舗道の敷石のずれたやつを黙々と直していたのだという。誰かに命令されたのではないし、もちろん自分の家の前というわけでもない。三十年も傷つけられてきたこの国、この街を、国民の一人一人が大切にし、愛さなければ、という意識が高いのだ。その気持が、訪れる者の胸を熱くするのだ——と筆者は結んでいた。

サキソフォンがまたもや音を外してヨレそうになる。バンド全体が一瞬緊張する。が、奏者は何とか持ち直して、またメロディラインを奏で始めた。それはあまりにもあっけらかんと明るい曲調であった。苛立たしいのは、その曲名がまだ思い出せないことだ。何度も寝返りをうっている内に、私は再びまどろみ始めていたのかもしれない。

目をつぶると、その日の昼間、アスマラの郊外で目にした風景がぼんやりと浮かんでくる――。いちめんの荒野。そういう風景を、私は初めて目の当たりにしたのだった。行けども行けども土と石と岩だけの荒野。草も樹木も一本も生えていない土気色の世界。それが悲しくなるほど青い空の下に延々と続くのだ。おんぼろのロケバスで悪路を二時間以上も走った挙句、私たち一行は道に迷った。遠くの岩山の傍らに見えた建物に向かっていって、誰かに道を尋ねるべく、車から外に降り立った私は、しばらく我が目を疑った。

そこは、旧約聖書に出てきそうな眺めの場所だった。

小高い岩山の中腹で、眼下にいちめんの荒野を見下ろし、はるかに巨大な方舟のような山々が連なるのを見渡す――そんな場所に私はいた。道を尋ねた相手というのが、羊飼いの老人と子供たちで、辺りには薄汚れた羊たちが何十頭も群れていた。この時点で、既にひどい頭痛に苦しめられていた私は、ぼうっとした痛みの向こう側に、その旧約聖書じみた世界を見た。

正午だった。陽の光は、この世からすべての影を失くすほど強烈だった。

年寄りの羊飼いが手にした杖の上の方は、聖書の挿絵か何かで見たのと同じく、ぐるりと渦を巻く形をしていた。浅黒い肌をした、笑うと白い歯の際立つ子供たちが、私たちを遠巻きにして、物珍しそうに眺めている。黄色人種を見るなんて、きっと初めてなのだろう。どの子も、どう反応したらよいものか、無邪気に戸惑っている。そして彼らの背後には、はてしない荒野が広がっている。

こんな世界で、こんな場所で、現実にこうして生きて暮らしている人が目の前にいる。そのこと自体が私にとっては感動的だった。そこには何か敬意を払うべき、潔い生の姿があった。凄い、と私は徐々に激しくなってくる頭痛の中で思った。それは、自堕落な日々を送ってきた私にとって、自分が情けなく、恥ずかしく思えるような風景であった。

しかもエリトリアの国民たちは皆、総出でこの荒野に一本一本植林をしているのだ。羊飼いの一行と別れた後、私は道端に屈んでせっせと苗木を植えている人を何人も見た。学生もいれば子供もいるし、老人も中年男性もいる。誰もが必死になって、国土に緑を取り戻そうとしているのだ。大地にようやく根を下ろしたばかりの、あまりにも細く貧しい苗木たち。荒野を吹きわたる土まじりの風に逆らい、健気にも空に向かって伸びようとするその姿は、エリトリアの人たちの姿と重なり合うものがある。

階下から響いてくるサキソフォンの調べに合わせて口遊みながら、私は、自分自身が彼らのように健気だった時代があったろうか、と自問した。学生時代――まだ二十歳になる前の自分の姿が、すぐに思い浮かんだ。

同時に、私はああそうか、そうだったと思い出した。今聴いているこの曲の名前は「イズント・シー・ラヴリィ」。スティービー・ワンダーの曲だ。初めて聴いたのは、十九歳の頃だった。高田馬場の駅前にあるジャズ喫茶で、当時仲の好かったG君と一緒に聴いたのだ。その独特の明るい曲調に惹かれた私が、音楽通のG君に曲名を尋ねると、彼は、そんなことも知らないのかといった顔をした。

「『イズント・シー・ラヴリィ』だよ。スティービー・ワンダーの名曲だぜ」

彼はちょっと得意げに答え、どこで仕入れたものか、この曲にまつわるエピソードまで教えてくれたのだった。

「ほら、スティービー・ワンダーって目、見えないじゃない。そんな盲目の彼に、初めて娘が生まれた時に作ったのが、この曲だよ。イズント・シー・ラヴリィ」

彼女は可愛いだろう？ 彼女は可愛いよね？ 娘が生まれて、手放しで喜ぶ盲目のスティービー・ワンダー——そういう曲が「イズント・シー・ラヴリィ」であることを私は思い出した。

彼女は可愛いだろう？ ねえ、彼女は可愛いよね？

そう謡うフレーズが何度も繰り返される。生バンドのサキソフォンは幾分ヨレたぶん、可愛いよね、と訴えかける感じが却って出ている。

彼女は可愛いだろう？　ねえ、彼女は可愛いよね？

あの時、G君はこの曲に「可愛いアイシャ」という邦題がついていることも教えてくれたのだった。アイシャというのは、スティービー・ワンダーの娘の名前だという。私はG君の博学ぶりに、素直に感心して聞き入ったものだった。

彼女は可愛いだろう？　ねえ、彼女は可愛いよね？

そのメロディを一緒に口遊んでいる内に、私は不意に目頭が熱くなってきた。今、自分がいるこのエリトリアもまた、「彼女は可愛いよね？」と言って祝福してあげたくなるような国である。私は、昼間に見た羊飼いの風景を反芻し、同時に自分が少しも健気ではない人間になってしまったことを思った。

彼女は可愛いだろう？　ねえ、エリトリアは可愛いよね？

いつのまにか涙が私の頬をつたい、獣臭い枕を濡らしていた。一体ぜんたい何のための涙だったのか？　私の方こそ尋ねたい。アフリカのエリトリアのアスマラのアンバサダーホテルの一室に一人でいて、生バンドの下手糞な「イズント・シー・ラヴリィ」を聴きながら、私は何のために泣いたのか。健気で可愛いエリトリアのため？　そこで演奏された「イズント・シー・ラヴリィ」という曲のため？　或いはその曲を初めて聴いた頃の、健気だった自分の思い出のため？

私には分からなかった——何のために泣いているのか分からないまま、私は涙を流していた。バスタオルを巻いた獣臭い枕はすっかり濡れて、ますます使い心地の悪いものになってしまった。

彼女は可愛いだろう？　ねえ、彼女は可愛いよね？

その旋律が繰り返されるごとに、金曜の夜が更けていく。私はベッドに横になったまま、またも自分がどこにいるのか見失いそうになっていた。

雨の女たち

彼女たちを見かけるのは、決まって雨の日だった。

最初はエリトリアに着いた当日のことだ。私たちは、アスマラの市街にあるバールにいた。小雨がぱらついていて、小窓から見える風景は一面濡れそぼっていた。と言っても、見えるのは崩れかかった石造りの家数軒と、爆弾が落ちた跡のような更地だけだった。その窓際の席に座って、私はぬるいエスプレッソを飲んでいた。向かいには地元ガイドのマコーネン氏が座っていて、やはりエスプレッソをちびちび飲んでいる。目が合うと、彼は白い歯を見せて、

「ニガイですネ」

そう言った。何だか缶コーヒーのコマーシャルの決め台詞みたいに聞こえたので、私は思わず笑ってしまった。それから彼の口調を真似て、

「ニガイですネ」

と答えた。彼は、文字通り苦笑いを漏らした。言ってしまってからふと気づいたのだが、エスプレッソの味わいの中には、彼らエリトリア人にしか分からない格別の苦さがあるのかもしれなかっ

た。つい軽口を返して茶化した形になってしまったことを、私はひそかに反省した。

エリトリアという国は、エチオピアとの三十年戦争に突入する以前は、長い間イタリアに植民地化されていたのだ。その結果人々の食生活の中には、厭でもイタリアの流儀が取り入れられるようになった。レストランのメニューには、パスタやリゾットなどのイタリア然とした料理の名が並んでいるし、街角の喫茶店もカフェではなく、バールと呼ばれている。それはそれで結構なのだが、我々旅行者としては、アフリカにまで来てイタ飯を食うのかと思うと、何か釈然としないものがある。同日、ホテルのレストランで遅い昼食をとる際にも、私たちはそのことを話し合った。まるでイタリア料理屋然としたメニューを見て、少々驚いてしまったせいもある。隣のテーブルに目をやると、木製の華奢な椅子が気の毒になるほど大いに太ったご婦人が掛けていて、皿うどんに似たパスタ料理をつまらなそうに食べていた。その様子は少なからず私の食欲を失わせた。何か地元料理みたいなものはないのかな、と呟くと、隣で熱心にメニューを検討していた若いディレクターのT君が、

「あ、インジェラがありますよ」

と嬉しそうな声を上げた。どこでそんな知識を仕入れたものか、インジェラはエリトリア料理ですよね、彼はそう言ってガイドのマコーネン氏に同意を求めるのだった。

「そうですネ。エリトリアだけではありませんケド、インジェラはアフリカのこのへんの料理ですネ」

氏はちょっと困ったような口調で答えた。どういう料理なんですかと尋ねると、氏に代わってT君が、

「何かシチューみたいなものらしいですよ。そうですよね？」

「はい、そうですネ」

「何のシチューですか？　ビーフ？」

「いえ、マトンですネ。ビーフはとても高いですネ」

中身が何であれ、私はその地元料理を試してみる気になった。ものは試し、と思ったのは私だけではなかったらしく、他の日本人スタッフ三人もインジェラを注文した。ただ一人マコーネン氏だけが、ボロネーゼのパスタを頼んだ。

ほどなく黒服の黒人ウエイターが、料理を運んできた。目の前に置かれた地元料理のインジェラは、確かに見かけはシチューのような料理だった。特徴と言えば、その傍らに灰色のパンケーキらしきものが添えてあることだろうか。マコーネン氏の話だと、このいかにも不味そうな灰色のパンケーキこそが、インジェラと呼ばれるものであるという。シチューの中身は、インジェラに塗りつ

け、軽く巻いて食べるのが習わしらしい。私たちは早速インジェラを適当な大きさにちぎって、シチューの中身に浸し、口にしてみた。誰もが同じように複雑な顔をして、互いを見交わした。何かの間違いで、自分の料理だけがこんな味なのか、と一瞬疑ったのである。

「……結構酸っぱいんですね」

T君が控えめに感想を漏らすと、マコーネン氏は含み笑いで、

「そうですネ。スッパイですネ」

と答えた。確かにその味わいは、良く言えばヨーグルトのような、悪く言えば腐りかけたブラウンソースのようなものだった。何も知らずに口にしたら、吐き出していたかもしれない。どうやら酸っぱさの原因は、シチューではなく、そこに浸す灰色のパンケーキ、インジェラの味にあるようだった。試しに何もつけずにインジェラだけを食べてみると、これが思いの外酸っぱくて、ぎょっとしてしまった。マトンのシチュー自体の出来は決して悪くないのに、インジェラの酸っぱさはその味を台無しにしているとしか、私には思えなかった。

「何とも言えない味の料理ですねえ」

二口、三口と食べてみてから、お茶を濁すような感想を漏らすと、マコーネン氏は少々申し訳なさそうに、そうですネと答え、

「でも私もネ、日本でナットウを食べた時にネ、やっぱり何とも言えない味ですと思いましたネ」

と言って私たちの笑いを誘うのだった。しかしそう言う彼が注文したボロネーゼにしても、見るからに茹で過ぎでぐったりしたパスタの上に、レトルトか缶詰らしき具が乱暴に載せてある代物で、インジェラよりも美味いかどうか怪しいものであった。

結局私たちは全員が、昼食後に口直しをしたいと希望した。ホテルのレストラン以外で、お茶とかコーヒーを飲めるところはないのかと尋ねると、マコーネン氏はありますネと請け合った。

「アスマラの街にバールがありますヨ。行ってみますか?」

もちろん私たちに異存はなかった。彼の後について、ホテルのロビーから扉を押して表へ出たとたんに、それを待っていたかのように小粒の雨がさあぁッと降り始めた。遠いんですか、とT君が心配げに尋ねると、マコーネン氏は着ていたジャケットを二人羽織みたいにさっと頭に被り、

「いいえ、すぐそこですネ」

言い残すなり、雨の街路に走り出た。私はナイロン製のジャンパーのフードを被って、その後に続いた。ほんの二、三分の間に、雨は驚くほど勢いを増していった。正面から顔に吹きつけてくる雨粒が、痛いくらいだ。エリトリアは今、雨期に入りかけた時期だと、昼食の席でマコーネン氏が言っていたことを思い出す。あと一月もすると、ひどい時は洪水が起きて家が流されるほどの豪雨

に襲われるのだと言う。これくらいの雨は、まだ序の口なのだろう。私たちはわずか五分ほど歩いただけでずぶ濡れになり、街角のバールに辿りついた時には、体じゅうから雨雫を滴らせていた。

濡れたジャンパーを脱いでから、改めて店内を見渡すと、そこは何とも言えず味気ないインテリアのバールだった。いや、これをバールと呼んだら、イタリア人は笑うだろう。小学校の教室くらいのスペースの床に、全面白いタイルが貼ってあり、海の家にありそうな簡素なテーブルと椅子が、投げやりな感じに配置されている。いわゆる〝バール〟と呼ばれるカウンターは店の奥にあり、四、五人の常連客が、私たちのことを好奇心剝き出しの瞳で見つめてくる。カウンターの隅に置いてあるラジカセからは、ＦＭ放送の黒っぽい音楽が流れていた。

私とマコーネン氏は窓際のテーブルについてエスプレッソを、他の三人は隣のテーブルでビールを注文した。カウンターの中から出て、注文をとりにきた店主らしき男は、エリトリア人にしては大柄で、レゲエ風の髪形をしていた。おそらくこの界隈では、変わり者と呼ばれているに違いない。彼はにやにやしながら近づいてくると、にやにやしながら注文をとり、にやにやしながらカウンターへ戻った。そしてまたにやにやしながらビールとエスプレッソを運んできたのだった。

「ニガいですネ」

そう言ってマコーネン氏は白い歯を見せたのだが、その心境を私は忖度しかねた。自分たちを長年支配してきたイタリアがもたらした、エスプレッソコーヒーの苦さ。彼らはそれを口ではなく、胸でも味わっているのではなかろうか。考えすぎかもしれないが、一旦そう思うと、私はもうエスプレッソを飲むマコーネン氏の顔を、まともに見られなくなってしまった。

窓外に目をやると、小雨は霧雨に変わりつつあった。アスマラ市内の建物は、基本的にオレンジに近い土気色の石やレンガでできている。この窓から眺められる、崩れかけた二、三軒の建物も例外ではない。よくよく見ると、内一軒は廃屋ではなく、店舗として一応営業しているらしい。何の店なのかは分からない。分からないけれども、その外見に惹かれた私は、バッグから小さめのスケッチブックを出して、雨に煙る建物の姿をスケッチし始めたのだった。むろん私には絵心などないので、退屈しのぎのつもりだった。しかしいざ描いてみると、思っていたよりもずっと上手く描けたので、私は少なからず好い気分になった。

そこへ、不意に左手の方から、周囲の風景にはまったくそぐわない何かが、近づいてくる気配がした。

見ると、雨の舗道を二人の若いエリトリア人女性が歩いてくる。一人は、いかにもイタリア仕立ての軀にぴったりフィットした革のパンツスーツ、もう一人は極端に短い革のミニスカートを穿いて、ニットのセーターに茶色い革のコートを羽織っていた。そして二人とも、首には純白の高級そうなスカーフを巻いていた。浅黒い肌によく似合うそのスカーフが、風と雨に煽られて、彼女たちの襟元で翻る。いつか観た映画の一場面を、スローモーションで再見しているかのようだった。基本的にエリトリア人は男女ともに顔が小さく、手足が長い。しかし彼女たち二人のスタイルの好さは格別だった。おそらくイタリアの植民地だった時代に、かなり西洋の血が混ざったのだろう――霧雨の中を軽やかに歩く彼女たちの美しさは、遠い国から来た東洋人の胸をときめかせるものがあった。

もしかしたら姉妹なのかもしれない。着ている服の趣味ばかりではなく、彼女たちはどこか似通っていた。見るからに敏捷そうな軀か、西洋の血を感じさせる整った顔か。いずれにしろ二人は、柔らかい獣のような色気をはなっていた。そしてしょんぼりと濡れそぼった辺りの風景を挑発するかのような歩き方で、私の目の前を横切っていった。時間にすれば十秒にも満たない、ほんの束の間のことだ。彼女たちの姿は、すぐ先の彎曲した交差点で見えなくなった。

大袈裟に言うと、私は天使が通りすぎるのを目撃したような気分だった。あんなに美しい女たちがこの世にはいるのだ――私はしばらく呆然としていた。

「……見ました？」

ずいぶんな間を置いてから、私は訊いた。マコーネン氏は何か考え事をしていたらしく、きょとんとした顔を上げ、小首を傾げて見せた。

「今の女たち、見た？」

私は慌てて隣のテーブルの三人にも、同じ質問を投げかけた。彼らは明日からの撮影について打ち合わせている最中だったのだが、中の一人、カメラマンのA君だけが私の質問に鋭く反応した。

「見ました！　物凄い美人でしたね」

私は自分のことのように嬉しくなって、そうだよな、スーパーモデルみたいだったよな、とはしゃいだ声で言った。女性誌のグラビアみたいでしたよね。そうそう、映画みたいだったねえ。私とA君は、他の三人を置き去りにして、しばらく興奮した口調で言い合った。しかしひとしきり騒いでしまうと、その後には、妙な虚しさを伴う沈黙が訪れるのであった。

小窓から見える風景を濡らす雨は、なかなか止みそうになかった――。


二度めに彼女たちを見かけたのは、三日後のことだ。二人は他でもないアンバサダーホテルのロビーにいて、フロント脇のソファに腰かけていた。

外は、やはり雨だった。

その日の午後、私はアスマラ郊外の〝戦車の墓場〟という陰惨な場所を訪れたのだが、取材を続けるにしたがって、ひどくすさんだ気持になった。途中から強くなり始めた意地の悪い雨のせいもあって、私たち一行は予定よりも早く撮影を切り上げることにした。そして重苦しい沈黙が漂うロケバスに乗って、寝ぐらのアンバサダーホテルまで戻ってきたのだった。

そこへ、いきなり彼女たち二人の姿が目に飛び込んできたのだ。私は、すぐにでも部屋へ戻って濡れた服を着替えるつもりだったのに、急に用事を思い出したふりをして、ロビー近辺を行ったり来たりした。適度な距離をおいて立ち止まり、壁に寄りかかった格好で、さりげなくソファの方へ視線を走らせる。二人とも、この間とまったく同じ服装をしている。もしかしたら余所ゆきの服は、それきり持ってないのかもしれない。いずれにしても二人はソファの上で、惚れ惚れするほどきれいな脚を組んでいた。何がそんなに可笑しいのか、二言三言交わしては、くすくす笑い合っている。紅をひいた唇に、白い歯がちらちら覗く。その笑顔は陽焼けした子供のように無邪気で、とても魅力的だった。

そうやってこっそり二人を観察しているところへ、マコーネン氏が通りがかった。ロビーのトイレを使ってきたところらしい。私はやや興奮しているせいもあって、彼を呼び寄せるなり性急に小声でこう尋ねてしまった。

「ほら、あそこのソファに座ってる女の人たちなんだけど、ここのホテルに泊まってるのかな」

マコーネン氏は私の質問を耳にすると、怪訝そうな顔でソファの二人を見やり、それからどこか気恥ずかしそうに答えた。

「ああ、あれはあのゥ……ショウフですネ」

「娼婦？」

私は愕然としてしまった。初心な奴だと笑われるかもしれないが、彼女たちがそういう職業であるとは、夢にも思わなかったのだ。あまりにも美しいから……そうかもしれない。いずれにしても私は、生臭い現実をいきなり鼻先に突きつけられて、大いに戸惑った。するとその気配を感じ取ったのか、より西洋的な顔だちをした女の方が、ふと顔を上げて私と目を合わせた。そして条件反射のように、煽情的な仕種をして見せた。桃色の舌を出して、唇の上下を嘗めながら、誘うように微笑んだのだ。私は静かに視線を逸らし、見て見ぬふりをしたのだが、その実ひそかに勃起した。

一方私の傍らにいたマコーネン氏は、面倒な仕事が増えたとでもいうように溜息をもらし、妙に疲れた表情を呈していた。その横顔を垣間見て、ああそうか、と私は気づいた。自分は、彼にとってあまり嬉しくない質問をしてしまったのだ。

「……ショウフですネ」

そう言った時の、マコーネン氏の苦しげな表情――おそらくこの街には、娼婦を生業としている女が少なくないのだろう。イタリアによる植民地化と、その後の三十年にわたる戦争は、多くの兵士と多くの死と多くの娼婦を必要としたのだ。強姦や虐殺が日常茶飯事だった戦闘状態の中で、女たちは一体何をして稼げばいいのか。特に彼女たちのような混血の女性は、味方の中にあっても敵扱いされ、蔑視されたことだろう。暗がりの中でも最も暗い場所で、生きるすべを探すしかなかったのだ。

ひょっとしたら彼女たちは、自分自身の美しさに未だに気づいてないのではないか、という気がした。戦時中も、戦後となった現在も、彼女たちの存在は先程マコーネン氏が呈したのと同じ表情で語られ、疎まれ続けているのだ。おそらくこの荒廃した国においては、彼女たちは美しくないのだ。或いは、意味のない美しさなのだ。だとしたら彼女たちは、日に何度も目にするはずの鏡の中に、何が映っているのを見るのだろうか。

一瞬、辺りの雨音が高まったかと思うと、ロビー正面玄関のガラス扉が開いて、ずぶ濡れの男が一人、飛び込んできた。背の高い、何人ともつかぬ痩せた白人だ。年は五十代前半といったところだろう。このホテルの支配人か、或いは彼女たち二人のヒモかもしれない。彼は入ってくるなり、ずぶ濡れのコートも脱がずに、まっすぐにフロント脇のソファに向かっていった。ちらりと垣間見えたその横顔は、明らかに怒っていた。彼女たちは顔色を変え、大慌てでソファから立ち上がった。

そして男が怒鳴り出す前に、二人して先を急かし合いながらロビーを横切り、正面玄関に向かった。ガラス扉が開き、再び雨音が高まる。男は何語か分からない言葉を発し、家畜を追い立てるような仕種をした。二人は小走りにホテルから出ていった。そして男は頭から湯気が立ち上りそうな顔つきで、その後を追って出ていった。

彼女たちは、雨の中へ消えていった。早く客を引いて稼いでこいとヤキを入れられたのか、それともホテルのロビーで客を引くなと叱られたのか。分からない。分からないけれども、二人はまた雨の中へ出ていった。

正面玄関のガラス扉越しに見やると、雨は激しさを増していた――。

戦車の墓場

朝六時起床。

目覚めて、一旦はベッドの上に体を起こしたものの、極めて体調悪し。昨日からの高山病じみた頭痛とだるさが、まだ続いている。横になったままディレクターのT君の部屋に電話をして、その旨を告げると、午前中の取材は撮影班だけで出かけるつもりであるとのこと。聞けばD嬢からも今さっき電話が入って、私とまったく同じ症状で体調を崩し、午前中の取材をキャンセルしたいと申し出てきたらしい。昨日別れ際に、彼女の顔色が悪かったことを反芻し、気の毒に思う。アスマラの空港で初めて会った時から、常に若々しく溌剌としていたD嬢だが、実はどこか無理をしていたのかもしれない。何しろ彼女は、撮影で緊張する以前に、もっと大きなストレスを抱えているはずだった。

D嬢は二十一歳で、東大在学中の学生である。その名前がたまたま私の娘と同じであることに、最初は驚かされた。しかしインタビューを重ねるにつれて、今度は彼女の聡明さに驚かされることとなった。前もって貰った資料には、彼女が前年の春、史上最年少で司法試験に合格した、という快挙が記されていた。とにかく私みたいに鈍い頭の持主には想像もできないほど、彼女は頭が良いのだ。そしてその能力を若き独立国のために使うべく、アスマラに滞在しているのだ。彼女が初めてエリトリアを訪れたのは司法試験合格後、ピースボートの地球一周クルーズに参加したのがきっかけだったという。おそらくその時点で、何か心に期するものがあったのだろう。再び彼女は単身エリトリアを訪れた。この独立したばかりの小国が、アメリカの力を借りずに、自力で憲法を制定するつもりだと知って、一役かおうというのである。

「勉強させて貰うつもりで来ました」

D嬢は遠慮がちにそう言って、はにかむばかりなのだが、彼女の知識がエリトリアという国の奥深いところで役立ち、人々の未来に影響を与えるであろうことは確かだ。それにしても小国とは言え、一国の憲法を制定する上で必要とされる能力が、弱冠二十一歳の彼女に備わっているというのだから凄い。現在、彼女はこの国の法務省(と言っても二階建ての古い小学校のような建物だが)の中に一室を与えられ、本格的に仕事を始めつつあるところだ。昨日私はその殺風景な部屋を訪ね、短いインタビューを済ませた後、彼女に伴われて、エリトリアの法務大臣と面会した。大臣は四十代後半の堂々と太った女性で、黄色と黒の柄のムームーみたいなワンピースを着ているせいか、一見まじない師のような印象があった。紹介されて、握手を交わした後、本来なら私が法務大臣にインタビューすべきところだが、一体何を訊いたらいいのか見当もつかなかった。しかも英語で。私が戸惑い、口籠もっているのを見てとると、隣にいたD嬢が助け舟を出してくれた。私に代わって、流暢な英語を駆使し、訊くべきことをすべて訊いてくれたのである。最初に会った時から感じていたのだが、彼女の美しさは、頭の回転数に比例しているらしい。彼女が考えれば考えるほど、その表情は引き締まってきて、輝きを増すようだった。私は異国の法務大臣を相手に、丁々発止のやりとりをするD嬢の横顔を眺め、彼女が自分の娘と同じ名である不思議を、改めて思った。

しかしながらそんなふうにスーパーウーマンを地でいく彼女も、この頭痛とだるさには勝てなかったらしい。大丈夫だろうか。頭が良い分、頭痛も凡人のそれよりずっと激しく、堪えがたいものなのではなかろうか。と、余計な心配をしながら私はアスピリンを二錠口に含み、洗面所へ行って、エビアンのペットボトルの水で飲み下した。ベッドに戻ってから、そういえば鏡に張りついていた忌まわしい蛾の姿がなかったことに気づく。室内にいやしないだろうなと思って、辺りをくまなく見回す――ありがたいことに、目の届く範囲に蛾の姿はなかった。私はほっと胸を撫で下ろし、改めてベッドに身を任した。枕は相変わらずどこか獣臭く、目をつぶると、昨夜私の眠りを妨げた「イズント・シー・ラヴリィ」のフレーズが耳元に甦ってくるようだった。その曲調とともにD嬢の横顔を反芻しながら、私は眠った。短かったが、思ったよりも深い眠りだった。

午前十時。改めて目覚めると、頭痛もだるさも嘘のように消えていた。アスピリンが効いたのか、それとも私の軀がようやく環境に慣れたのか。理由は分からないが、とにかく私はすっきりと目覚めた。同時に、自分がかなり空腹であることに気づく。考えてみれば昨日、昼食に茹で過ぎたパスタを食べてから後、何も口にしていない。相変わらず蛾の影に怯えながら身支度を済ませ、私は部屋を後にした。

午前十時半。ホテルの二階にあるメインダイニングで遅い朝食をとる。客は私一人きりで、応対にあたるウエイトレスも一人きりだった。ところがこのウエイトレスというのが、どうにも要領をえない。

「目玉焼きを頼む」

と何度言って聞かせても、ゆで卵を持ってくるのである。わざわざ目玉焼きの絵をナプキンに描いて見せても、オーケーオーケーと言いながらゆで卵を持ってくる。違う、私が欲しいのは目玉焼きだ。殻を割って卵の中身を焼くんだよ。身振り手振りで説明しても、彼女は「今度こそ分かりました」という顔で一旦厨房に引っ込んだかと思うと、やっぱりゆで卵を持ってくるのだ。そんな寸劇じみたことを三回も繰り返したところで、私は観念して、ゆで卵を食べることにした。悔しいけど、美味かった。空腹だったせいもあろう。私は現金にももう一個、ゆで卵を注文した。するとウエイトレスは嬉しそうに頷いて、固いライ麦パンとバターを持ってくるのだった。私はもう何も言わずにパンをむしり、バターをつけて食べた。不味かった。

憮然としているところへ人の声と足音が響いて、客が入ってきた。四人組の黒人である。彼らはウエイトレスの案内も待たずに、窓際の広いテーブルにつくと、大声で談笑を交わし始めた。四人とも、きちんとアイロンのかかった黒いスーツを着ている。ネクタイが派手なところを見ると、結婚式か何かの祝い事に出席するつもりなのだろう。四人はまず赤ワインで乾杯し、顔を見合わすと、やけに楽しげな笑い声を立てるのだった。もしかしたら彼らは、昨夜一階のラウンジで「イズント・シー・ラヴリィ」を演奏していた生バンドのメンバーではなかろうか。ふとそんな気がした。というのも彼ら四人が、どこかしらやくざな雰囲気を漂わせていたからだ。地元のエリトリア人とは何かが違う——例えばつい数年前まで敵対していたエチオピア人なのではないか？　私は彼らに対するウエイトレスの反応を盗み見たのだが、その無表情な顔からは何も読み取れなかった。やがて彼女は四人前のパスタをわざわざワゴンに載せて、運んできた。四人は申し合わせたようにナプキンの角を喉元に差し入れ、菱形の前掛けで胸元を覆って、大盛りのパスタを平らげた。そして残りのワインを各々のグラスに均等に注ぐと、もう一度乾杯して飲み干し、あっという間にレストランを出ていった。その間私はポットに入ったコーヒーを二杯飲み、煙草を三本吸った。彼らがいなくなると、急に店内の空気が萎えるように感じられた。

しばらくして、ホテルの真向かいにあるカテドラルの鐘が、華やかに鳴り出した。時計を見ると、ちょうど正午だった。

やはり結婚式があったのだろう——遠い歓声と拍手の音が、かすかに聞こえてくる。しかしながら窓外に広がる空は、華やかな鐘の音に水をさすような曇天である。ぐずぐずと濁った鈍色の空の下に、カテドラルの尖塔が見える。

これは雨になるな。

私はそう思った。地元ガイドのマコーネン氏の話だと、エリトリアは今、雨期に差しかかっているのだそうだ。道理で毎日、一度は雨が降る。あっけらかんと晴れ上がっていても、わずか五分で暗雲が立ち籠め、土を穿つほど大粒の雨が降り出したりするのだ。ただしそういう大雨ほど、止むのも早い。いわゆるスコールというやつなのだろう。三十分も降ると、もうここはこれでよしと言わんばかりに、雨雲はどこへともなく立ち去ってしまう。憎めない雨、とカメラマンのA君は言っていたが、確かにその通り。厄介なのは、今、窓外に眺められる鈍色の空から降ってくる雨だ。本格的な雨期の到来を恐れ、備えようとする人々をあざ笑い、密かに嫌がらせをするかのような小雨。おそらくは今日の午後一杯降り続きそうな雨のことを思うと、私は少なからず憂鬱になった。

部屋へ戻っても気が滅入るだけなので、レストランを後にした私はその足で一階のロビーに下り、表へ出た。雨が降り出す前に、アスマラの町を歩いてみようと思ったのである。見知らぬ町を徘徊するのは、旅の楽しみのひとつと言っていい。今までに訪れたどの旅先でも、私は滞在中に必ず一度は町中を徘徊してきた。散歩と呼ぶにはあまりにも気忙しい足取りで、闇雲に歩き回るだけのことだが、とにかく町中に自分の足跡を残してくれば、それで不思議と気が済むのである。当然アスマラの町もいずれは歩き回ってやるつもりでいたのだが、今がその時というわけだ。

陰鬱な曇天の下、カテドラル正面の舗道には、今さっき新婚夫婦の車を送り出してやったばかりの参会者たちが、興奮さめやらぬ顔つきで談笑している。それを横目で眺めながら、私は適当な方角に向かって歩き出した。無目的に、ただ闇雲に歩く。沈んだオレンジ色が、アスマラの町の基調である。私の視界のほとんどすべてを、町のオレンジ色と空の鈍色が占めている。どうにも陰気な散歩だった。町中には信号もなく、車の通りも疎らなので、私は一度も立ち止まることなく、存分に歩き回った。三十分ほどだろうか――しかしその間、私の気を惹くようなものは何一つ目につかなかった。強いて挙げるなら、町角の雑貨屋らしき店のショウケースの中に、ミッキーマウスのお面が飾ってあるのを見かけたことだろうか。ディズニー氏が見たら卒倒しかねないほどデッサンの狂った代物だが、ミッキーマウスに間違いない。こんな地の果てでも持て囃されているのかと思うと、私はミッキーマウスの可愛らしさの中に、何か不気味なものがあるのを感じてしまった。正しく、明るく、楽しいミッキー。まるでアメリカそのもののようなこのキャラクターが、世界中の至るところで愛嬌をふりまいているのだ。否定することを許さない可愛らしさ、とでも言おうか。誰もがミッキーマウスを愛さなければならない――そう強いられているような気がして、何だか鬱陶しい。私はデッサンの狂ったミッキーマウスのお面を思い浮かべながら、アスマラの町中を闇雲に歩き回った。そしてほどなくホテルの前の通りまで戻ってきた。

カテドラルの付近にはもう参会者の姿もなく、今度は葬式でも始まるかのような、沈んだ空気が漂っていた。私はふと思い出して、ジャンパーのポケットからスケッチブックと筆ペンを取り出し、その場にしゃがみ込んだ。曇天を背景にしたカテドラルの佇まいを、描いてみようかと思ったのである。膝を机にしてスケッチブックを構え、短時間に集中して筆を動かす。下手糞ながらも大まかな形を描き終えたところで、ふと周囲に気をやると、十人近い子供たちが私のことを遠巻きに眺めていた。日本人というだけでも珍しい存在なのに、その上私は絵を描いたりしていたわけだから、彼らの注意を惹かぬはずはない。手元のスケッチブックに注がれる幾つもの視線は、私を動揺させ、緊張させた。本当はすぐにでもその場から立ち去りたかったのだが、そうしたら子供たちをがっかりさせてしまうようにも思えて、腰が上がらなかった。私はこわばった笑みを浮かべて、再びスケッチブックに向かった。見られているという意識が、私を懸命にさせた。十五分ほどかけて仕上げると、私は「よし」と言って立ち上がり、その絵を高く掲げて周囲の子供たちに見せてやった。遠慮がちだが拍手と、笑顔が返ってきたので、私はほっとしてスケッチブックを閉じた。そして今さら頬を赤らめながら、ホテルに向かって歩き出した。

午後一時。私がホテルに戻ったところへ、ちょうどスタッフたちが帰ってきた。郊外まで行って、授業の一環として植林に精を出す中高生の姿を撮ってきたのだという。昼食がてら打ち合わせをと請われて、私はまたホテル二階のメインダイニングを訪れることになった。もちろん腹はまだ減ってなかったので、紅茶を注文する。そういえばあの要領をえないウエイトレスの姿はなく、代わりに如何にも手際のよさそうな細身のウエイターが二人、忙しそうに立ち働いている。A君はまた性懲りもなくインジェラを注文した。T君とN氏は、茹で過ぎで不味いと分かっていながらも、パスタを注文した。三人とも、午前中の撮影がきつかったのか、疲労感を漂わせていて、言葉少なだった。

「プノンペン行きのエアー、まだ飛んでないみたいですね」

T君は昨日の昼食の時と同じことを言った。まだ十日も先のことだが、私はタイのバンコクでアジア班の撮影スタッフと合流し、カンボジアへと赴く予定であった。ところがごく最近、プノンペン市街で銃撃戦が起きたために、航空機が軒並み欠航となってしまったのだ。T君はそれを心配して、毎日東京の放送局に問い合わせたり、先にバンコク入りしているアジア班のディレクターK君と連絡をとったりしていた。しかし私はその件に関しては、気を揉むまいと決めていた。そんなことを心配しても始まらない。なるようにしかならないのだ、と私は諦観していた。

午後二時。私たち一行は、ホテルを後にした。ロケバスに乗り込んで、まずは市内にあるD嬢のホームステイ先へ向かう。小雨が降り始めていた。

午後二時半。D嬢のホームステイ先の家に到着。車を降りて呼びにいくまでもなく、彼女はすぐに出てきた。フード付きのウインドブレイカーにジーンズといった出で立ち。チェッカーの駒みたいな動きで水溜まりを避けながら、小走りでロケバスに乗り込んでくる。近くで見ると、その表情は生気を取り戻していた。体調について誰かが尋ねると、彼女は「もう大丈夫みたいです」とはにかみながら答えた。やはり私と同じく、アスピリンを飲んでしばらく眠ったら、嘘みたいに治ってしまったのだという。一体何だったんでしょうね、と訝しげな顔をするので、「君のは知恵熱だよ」と茶化してやると、彼女は屈託のない笑い声を立てた。

降り続く小雨の中、ロケバスはアスマラ市の外れにある「戦車の墓場」と呼ばれる場所に向かっていた。マコーネン氏の話によると、そこにはエチオピア軍が残していった数千台の戦車が集められ、静かに眠っているのだという。雨ざらしで、朽ちるにまかせた状態らしい。広島の原爆ドームのように、戦争を忘れないためのモニュメントとして残してあるのかと尋ねると、マコーネン氏は不思議そうな顔でしばらく考え込み、

「違いますネ。しょうがなくてそこに置いてあるのです」

そう答えるのだった。本当なら解体して、新たな鉄板にでも加工したいところだが、エリトリアにはそんな技術も工場もない。しょうがなくて、朽ちるにまかせているのだという。無残な話だな、と私は思った。

やがてフロントグラスの向こうに、荒れはてた丘陵が見えてきた。大部分が岩地で、樹も草もほとんど生えていない。代わりに黒々と濡れそぼった鉄の塊が、大地を押さえ込んでいる。近づくにつれ、それらが戦車を二台三台と積み重ねた塊であることが分かってくる。見渡すかぎり戦車の死骸の山だ。何台あるのか正確には分からない、とマコーネン氏は言っていたが、確かにこんなものを数えようとは誰も思わないだろう。「墓場」ではなく、私は「死体置場」を連想した。丘陵には未だに、どこかしら血なまぐさい気配が漂っていた。結構な手間だろうに、わざわざ何台もの戦車を積み重ねるやり方には、復讐の気配すら感じられる。長い間自分たちの命をおびやかしてきた戦車を葬るにあたっては、できるかぎりの屈辱を与えてやりたい——そういう恨みの籠もった意識が、

おそらくこの殺伐とした風景を創り出したのだ。

ロケバスの中は、急に静まり返った。誰も、何も言いたくなかったのだ。自分たちは今、戦争の残骸に囲まれている——そう思うと、口が重たくなった。

やがて「墓場」への通用門らしきゲートが見えてくる。ロケバスはその前で停まった。傍らに建つ小さなプレハブは、守衛の詰所だろうか。その中から、誰かが現れた。迷彩服を着た兵士だ。彼は雨に濡れても一向に構わないといった足取りで、ゆっくりとロケバスに近づいてきた。助手席に座っていたマコーネン氏が慌てて窓を開け、現地語で何事か叫ぶ。兵士はそれを聞きつけて、助手席側に回り込んだ。そして窓から顔を突き出したマコーネン氏と、小声で言葉を交わした。兵士は野太い声をしていた。話の詳細は分からなかったが、彼が私たちに何かを強要しようとしていることだけは察せられた。しばらくするとマコーネン氏が振り返り、車内の皆にこう告げた。

「車の中ですネ、見せろ言ってます」

同時に、私の席のすぐ横のスライドドアが勢いよく開いたかと思うと、いきなり黒人兵士が車内に身を乗り出してきた。迷彩服の柄が視界に飛び込んでくる。一番近くに座っていた私は、まともに顔を見合わせてしまい、思わず息を呑んだ。何しろ彼は大男だった。二メートル近いがっしりとした体軀で、肩からぶら下げた機関銃が小さく見えるほどだ。墨のような漆黒の肌をしていて、目も鼻も口も耳もすべてが大きい。しかしそれ以上に私を驚かせたのは、彼の両頰に三本ずつ刻まれた深い疵痕だった。鉤状の刃物で容赦なく抉られたような疵だ。彼は私のこわばった顔を一瞥すると、つまらなそうに鼻を鳴らし、車内をゆっくり見回した。一体何を点検しているのだろうか。人数と装備——おそらくはその二つだ。帰る時に人数が合わなかったり、「墓場」から何かを持ち帰って装備が増えていたりするのを防ぐために、点検をするよう命じられているのだろう。ほんの十数秒のことだったが、彼の出現によって、車内の空気は凍りついた。誰もが彼を、いや正確には彼の両頰の疵痕を見て、著しく緊張した。やがて彼は無言のまま二度頷くと、乗り出していた身を退いて、スライドドアを音高く閉めた。同時に車内の空気がふっと緩んだ。

「オーケーですネ」

マコーネン氏がそう言うと、ロケバスはゆっくり走り出した。来た時と同じ足取りで、詰所に戻っていく黒人兵士の後姿が見える。彼は未だに戦時中を生きている人のように思えた。あの酷い疵痕は、やはりリンチの痕なのだろうか？　車内の誰もがそう疑っているのを察してか、

「あの、今の兵隊の顔ですネ……」

とマコーネン氏は言いかけて、三本指で両頰を引っ掻く仕種をして見せた。

「……こうキズがついてましたネ。あれはですネ、西の部族のシルシですヨ」

氏の説明によると、エリトリア西部に棲む闘争的な部族の男たちは、勇者の印として、頬に引っ掻き疵を刻む風習があるのだという。確かにあんな疵を両頬に刻んだ勇者たちが、何十人も横一列になって攻めてきたら、大抵の者は即座に逃げ出すだろう。

「やくざのイレズミと同じですネ」

とマコーネン氏は冗談のつもりで言ってくれたのだが、誰も笑えなかった。刺青とは比較にならないほどの苦痛が、あの疵痕からは想像される。或る意味、リンチよりも酷い風習ではないか。両頬にあの疵痕があるかぎり、彼は戦いの運命から逃れられないだろう。勇者の印は、永遠に戦い続ける者の印でもあるのだ。

ゲートを潜ってから一分も経たない内に、窓外に眺められる戦車の死骸の数が、圧倒的に増えてきた。雨に濡れた泥道の両側に、三台ずつ積み重ねられた戦車が群れをなしている様子は、悪意に満ちた壁を想わせる。眺めていると、また頭痛がぶり返してきそうだったので、私は目を閉じた。

ロケバスが停まったのは、「墓場」の中央にあたる位置だった。晴れていれば、この場所からは、遠くにかすむ岩山を背景に、打ち棄てられた戦車の死骸が点在する様子を見渡せるはずであった。最初に外へ出たカメラマンのA君は、私の方を向いて渋い顔をして見せた。車から降り、改めて周囲の風景を眺め回すと、私もA君と同じ渋い顔になってしまった。何度かここを訪れたことがあると言っていたD嬢も、いざ車外へと出てみるなり雨空を仰いで、顔を曇らせた。

「ちょっと雨が、あれなんですけど、一応ここで撮らせて下さい」

ディレクターのT君は申し訳なさそうにそう言って、手短で結構ですから、とつけ加えた。エリトリアに到着した当日から雨に邪魔をされて、撮影のスケジュールがタイトになってきたことを知っている私は、わざと道化た口調で承諾した。D嬢も、説明されるまでもなく事情が分かっているらしく、曇らせていた顔を急に明るくして、カメラの前に立ってくれた。

午後三時半。雨に祟られ、戦争に呪われた場所に立って、私とD嬢は「平和」について話し始めた。どこを向いても戦車の死骸が視界に割り込んでくるのに往生して、私はD嬢の顔をじっと見つめたままで話した。会話の主導権は最初から彼女の方が握っていた。良く言えば素朴な、悪く言えばガキみたいな疑問を私が口にすると、彼女はその十倍もの言葉で答えてくれるのだった。

「こんな戦争の残骸の中で、平和のかけらを探そうとするなんて、何だか皮肉な話ですよね……」

国連の平和活動の問題点について話している途中で、彼女はふとそんなことを言った。まったく同感だった。「戦争」はこんなにも具体的であるのに、「平和」とは何と抽象的なものだろう。話せば話すほど、「平和」の姿はかえって見えなくなってくる。私の話の中で唯一彼女が感心してくれたのは、

「戦争がドーナッツだとすると、真ん中の穴が平和なのかもしれないな」

という一言だった。しかしそれは、ちょっと気の利いた物のたとえ方をしただけで、実は何の答えにもなっていないのだと、私自身にも分かっていた。

午後四時。D嬢はまだまだ話し足りない様子だったが、繁くなってきた雨足のために、撮影は中断を余儀なくされた。正直、私はほっとした。急いでロケバスに戻り、雨ガッパを脱ぐ。軀は濡れてないのだが、服の方は下着まで湿っているように感じた。何もせずにじっとしていると、その湿っぽさが募るばかりだ。私は車のサイドポケットに入れておいたスケッチブックを取り出し、今までに描いた何枚かの絵を改めて眺めた。ページを捲りながらふと顔を上げた拍子に、視界の片隅を何か紅いものがよぎった。

「花だ」

私は思わず口に出して言った。朽ちた戦車の群れの隙間に紅い花が一輪、雨に打たれて咲いていた。どうしようもない殺風景の中にあって、そこだけ光が射すようだった。沈みがちな私を慰めるために、たった今花を開いてくれたように思えた。私は無意識の裡にポケットに手を入れ、筆ペンを探していた。スケッチブックの白いページを開くと、自分に迷う暇を与えないよう、すぐさま筆を動かし始める。描いてみるとその紅い花は、添え木みたいに真っ直ぐで長すぎるくらいの茎に支えられていた。葉は花弁よりも大きく、茎の下の方に集中して生えている。その中にはおそらく幾つかの蕾が隠れているのだろう。しかし今、誰のためにか咲いているのは、茎の天辺の一輪だけだった。何という花なのか。私には分からなかったが、描く上では名前など知らない方が好都合だった。こんなところに花が咲いている――それだけで十分だったのだ。

「……この雨は、止まないですネ」

フロントグラス越しに雨空を見上げて、マコーネン氏が呟く。私が花のスケッチを終えるのを待っていたかのようなタイミングだった。氏の呟きを耳にして諦めがついたのか、ディレクターのT君は、

「引き上げましょう」

ときっぱり言った。ロケバスは何度か横滑りをしながら向きを変え、そろそろと走り出した。その後姿を、何千台もの戦車の死骸の中にたった一輪咲いた紅い花が、じっと見つめていた。

この雨の中で、車の音を聞きつけたのだろうか、さっきの黒人兵士がゲートに寄り掛かって、私たちを待っていた。ロケバスが停止すると、彼は先にゲートを上げてから、やはりゆっくりした足取りで近づいてきた。今度はマコーネン氏と話すこともなく、いきなりスライドドアを開けて、車内に首を突っ込んでくる。予期していたので驚きは少なかったものの、改めて間近に彼の顔を見る

につけ、両頬に刻まれた疵痕の生々しさが、私を胸苦しくさせるのだった。彼は血走った真剣な目をして、さっきよりもずっと慎重に車内を点検した。身を屈めて、私たちの足元を順に確かめていく。もちろん誰も、何ひとつ持ち込んではいなかったが、難癖をつけられそうな気がして、冷汗をかいた。私の後ろの座席を確かめようとして接近してきた時、彼の軀からは饐えた体臭が漂ってきた。戦争の臭いだ、と私は思った。そして反射的に息を詰めた。その気配を感じ取ったのか、彼は急に振り向いて、私と目が合うと、顔の中でそこだけ真っ白な歯を覗かせて、にやりと笑った。

「オーケー」

彼は言った。そして助手席のマコーネン氏に二言三言話しかけてから、身を退いて、スライドドアを閉めた。間を置かずに、ロケバスは走り出した。振り返って確かめると、雨粒に覆われたリアウインドの向こうに、ぼうっと立ち尽くす勇者の影が見えた。一瞬、手を振っているように思えたが、私の目の錯覚だったのだろう。手を振って誰かを見送るような女々しい行為は、彼の両頬の疵痕が許すまい。あの勇者の印は、今までに何人の人間を彼に殺させたのだろうか。そんなことを私はぼんやり考えていた。

午後五時。D嬢をホームステイ先に送り届けた後、私たちはホテルに帰った。全員が疲れ切っていた。すぐに部屋へ戻って着替えるつもりだったのだが、私は束の間ロビーで足止めをくった。到着の当日に町中のバールで見かけた二人の美女が、フロント脇のソファに座っていたのである。傍にいたマコーネン氏に、あの二人はこのホテルの客だろうかと尋ねると、彼はいかにも決まり悪そうに「あれはショウフですネ」と答えた。予想外だったので、私は少なからず戸惑った。と、そこへ壮年の白人男性がずぶ濡れで現れて、彼女たち二人を外へ追い立てた。まるで寸劇を観るかのようだった。

午後七時。電話が鳴って、私の浅い眠りを妨げた。受話器を取ると、ディレクターのT君の声が響いた。市内に一軒だけ中華料理屋があるので、晩飯を食いにいかないかという誘いだった。眠くて、私は不機嫌だった。ぶっきらぼうな口調で断ると、人一倍気を遣うT君は、じゃあテイクアウトができれば何か買ってきますよ、と言って電話を切った。私は再びベッドに横になった。

長い一日だった。疲れ切った私に必要なのは、中華料理ではなく、深い眠りだった。

紅い花

ホテルの正面玄関前には、黒のフェラーリが一台、停まっていた。今までに見たことのない車種だった。私はその官能的な曲線を描く車体を間近に眺めて、しばらくの間、目で酔いしれた。

ジュネーヴの国際空港からタクシーに乗って、私たちはレマン湖のほとりに建つホテルに到着したところだった。タクシーの運転手はお喋り好きな中年女性で、行先を告げると、あらあ、あれは素敵なホテルよ、と請け合うのだった。だって前の国連の事務総長だったガリ氏が常宿にしてたくらいなんだから。もちろん私は泊まったことなんてないけど。そう言って彼女は楽しそうに笑い、でも私ね来月からメルセデスに乗り換えるのよ、と自分の話をし始めるのだった。今、彼女が乗っているプジョーやルノーなどは少数派で、ジュネーヴのタクシーと言えば大半がメルセデスなのだ。三十分ほどの道中、彼女はいかにメルセデスが優れた車であるのかを、延々と話し続けた。ようやく目的地のホテルに到着し、料金を払う段になっても、彼女はメルセデスの最小回転半径についての解説を続けていた。ディレクターのT君にそのお相手を任せ、私は先に降りて外の空気を吸った。

既に真夜中に近い時刻だった。やや肌寒い風が吹いている。

大きく伸びをしてから、ふとタクシーの後ろの暗がりへ目をやる——と、そこに件の黒いフェラーリが停まっていたのである。うっとりと目を奪われているところへ、ようやくタクシーからT君が降りてきた。彼は私の視線の先を追って、フェラーリに目を止めるなり、へえと感心した声を上げた。

「フェラーリのマラネロじゃないですか。へえ、あるとこにはあるもんだなあ」

「珍しい車種なんだ？」

「そりゃあそうですよ。日本にも一台入ってるか入ってないかでしょう、マラネロは。僕も雑誌でしか見たことありませんよ」

「……マラネロ」

私は小さく声に出して呟いた。フォークにねっとり絡んでくるパスタみたいな響きだ。きっと何億円もする車なのだろう。そんな高級車が当たり前のように行き交うのが、ジュネーヴという街なのだ。

その夜、私が泊まったのは、例のタクシー運転手が言っていた「ガリ元国連事務総長の部屋」だった。

客室内の品の好い豪華さは、私を少なからず驚かせた。決してきらびやかではないのだが、調度品はもとより、扉の把手や洋服掛けの金具ひとつにいたるまで、もしかしたら灰皿の傍らに置いてあるマッチの軸までもが、最上級の品質を感じさせた。

ベッドルームの他にリビングや会議室まで備えたこのだだっ広い部屋に、私は一人で泊まるのだった。一泊で幾らくらいするのだろうか？　などと下世話なことを考えてしまう自分が、何だか気恥ずかしい。ルームチャージの値段を気にするような奴が泊まる部屋ではないのだ。場違いな感じがして、腰が落ちつかない。室内のあちこちで立ったり座ったりした後、私はリビングの壁に嵌めころした冷蔵庫の存在に気づいて、扉を開けた。ミネラルウォーターからシャンパンまで、いかにも高級そうな銘柄の飲物が、ずらりと並んで冷えている。見当たらないのは、赤ワインくらいだろうか。私は、白ワインの隣で肩身が狭そうにしている瓶詰めのコカコーラを一本、取り出して栓を抜いた。サイドボードの中で光を弾くグラス類を横目で眺めつつ、瓶のまま喇叭飲みをする。もちろん気のせいだろうが、コカコーラの痺れるような喉越しさえもが、上質に感じられた。美味いな、と口に出して言いながら、ベッドルームへと向かう。歩きながら一気に飲み終えたコカコーラの空瓶をサイドテーブルの上に置き、クイーンサイズのベッドに身を横たえる。硬すぎず軟らかすぎず、しっくりと軀に馴染んでくる寝心地だった。一体これはどういう冗談なんだ？　と私は微苦笑をもらした。

昨夜、私が身を横たえたのは、アスマラのアンバサダーホテル五〇一号室の、楽器みたいにやたらと軋むベッドだった。何故か獣臭くて閉口させられた枕や、生乾きのバスタオル。それから洗面所で出くわした、あの巨大な蛾。ところが一夜明けた翌日の晩、私はジュネーヴのレマン湖のほとりにいて、国連の事務総長が味わうような心地好いベッドに身を横たえている。

この落差は何なのだろう？　これがつまり「戦争」と「平和」とのギャップということなのだろうか。私はぼんやりと考えた。

エリトリアが胸を熱くする国なら、ジュネーヴは懐を寒くする街だ。金持ち限定の街、と言っても過言ではなかろう。スイスは永世中立国とあって、レマン湖のほとりには、世界中の金持ちたちの別荘兼避難所が数多く建ち並んでいる。アラブの石油王の王子様か何かが、女とシケ込みたい一心で、パパに頼んで建ててもらった館、なんていうのがごろごろしているのだ。先刻ホテルの正面玄関で見かけたマラネロの持主もまた、そういう王子様の一人なのだろう。

夜の闇を弾き返すかのように黒光りするフェラーリ・マラネロ——あんな車、初めて見たな。腕枕をして宙に視点を漂わせたまま、私は夢見るように反芻した。マラネロばかりではない。今日一日の間に、自分は一体幾つの〝初めて〟を目にしたろうか？　そのいずれもが「見た」のではなくて、「見せられた」ように思えてならないのは、どういうわけだろう。

最初は、雨を見せられた。

その日の午前中のことだ。私はまだエリトリアにいて、空港のゲート前に店を構えるバールでエスプレッソを飲んでいた。店と言っても、廃屋の庭先にテント地の屋根を張っただけの、粗末なものだ。日記をつけたりして、フライトまでの待ち時間を潰していたところへ、突然雨が降り出した。一陽が翳ったかと思って、ふと顔を上げた次の瞬間、テント地の屋根が狂ったように鳴り出した。一粒が親指ほどもありそうな雨粒が、猛烈な勢いで降り注いできたのだ。あたりは宵闇のように暗くなった。滝の真下で傘をさしているようなどしゃ降りだった。テント地の屋根を支える何本かの柱が、前後左右に揺さぶられて踊り出す。私たち一行は、大慌てで廃屋の中へ逃げ込んだ。

「これはすごい雨ですネ」

と地元ガイドのマコーネン氏も顔を曇らせるほどの集中豪雨だった。彼は祈るような仕種をして見せた。確かにそれは、天の力を知らしめられるような雨だった。

「こんな雨、生まれて初めて見た」

黙っているのが怖くて、私はマコーネン氏に話しかけた。が、その声は激しい雨音にかき消されて、彼の耳に届かなかった。「何ですカ⁉︎」と大声で訊き返されたものの、私はもう一度言う気を失くして、ただ苦笑いを浮かべて見せた。

と、次の瞬間、あたりは急に静かになった。

一拍遅れて、陽射しが燦々と降り注ぐ。空は嘘みたいに青く晴れ上がった。

時間にして一分足らずの、文字通り集中豪雨だった——エリトリアの空がくれた餞別はあまりにも強烈だった。私は大いに肝を冷やした。

そんな椿事の後に搭乗したエチオピア航空機の中で、私は幾つもの〝初めて〟を目にすることになる。アスマラとローマを結ぶ、昼の便だ。私は窓際の席に座って、窓外の眺めに目を奪われていた。

エリトリアという国は紅海沿いに在るから、飛び立つとすぐ航空機の右手、東側には、文字通り紅色の海が延々と続く。薄めた血のような色の海だ。それを越えれば、向こう側はアラビアなのだ。

やがて航空機が安定飛行に入ってしばらくは、眼下に黄土色の砂漠や荒野が続く。退屈を感じて私は、何語だか分からない機内誌を手に取った。巻末のフライト図のページを開く。アスマラ＝ローマ間のフライトコースを確かめるなり、私の胸は高鳴った。そこに記された通りの航路を飛ぶのだとしたら、自分は文明の大パノラマを一望することになる——私は額を窓に押し当てて、眼下の景色に目を凝らした。

黄土色一色だった地上の風景の中に、ぽつりぽつりと緑の色が見え始める。そして川が現れる。それは蛇行しながら広い範囲に緑を育み、ゆるやかに流れている。ナイル川だ。初めて見た。

航空機は母なるナイルの流れに沿って、しばらく北上を続けていた。

やがてカイロの市街地が近づく頃、一面黄土色の砂の風景の中に、ぽつん、ぽつんと四角い何かが建っている。真上からは四角形にしか見えなかった建物の影が、陽を浴びるなりくっきりと三角形をなして、砂の上に映った。

ピラミッドだ。

私は座席の上で小躍りした。いつかは一度見てみたいと願っていたピラミッドを、よもや「真上」から見下ろすことになろうとは。僥倖を嚙みしめる暇もなく、機首をやや西よりに向けたエチオピア航空機は、アレクサンドリアの上空に差しかかっていた。アレクサンドリア……御伽噺の中でしか耳にしたことがないような響きだ。眼下に白っぽい石造りの港街が広がる。そしてその街並みが途切れるところから、今度はコバルトブルーの地中海が始まるのだ。

私は目を見張った。

地中海の青は、思っていた以上に青かった。こんなにも美しい海がある――それだけで生きている甲斐があるように思えてくるほどだった。ボストーク一号からガガーリンが眺めた地球は、例えばこんなふうに青かったのではなかろうか。そんなことを私は想像してみたりした。

その後、ローマで二時間のトランジットを経て搭乗したスイス航空機内でも、私はまたもや〝初めて〟を目にした。時刻は午後九時を過ぎていた。航空機は、月明かりにくっきりと照らし出されたアルプス山脈の上を飛んだのだ。積雪の白が月の光を弾き、山脈ぜんたいがぼうっと発光しながら立ち上がるかのようだった。

集中豪雨の餞別に始まって、紅海からピラミッド、アレクサンドリア、地中海の青、月明かりのアルプスへと続く絵巻物を、私は見たのだろうか。それとも見せられたのだったろうか――いずれにしてもあまりにも沢山の〝初めて〟を目にした長い一日の終わりに、黒いフェラーリ・マラネロが停まっていたのだった。

アスマラとジュネーヴ。これほど似ても似つかない街から街へ移動すること自体、私には初めての経験だった。

私は心地好いベッドの上で、何度めかの寝返りをうった。

目が冴えてなかなか眠れなかった。今しがたスイスビールの小瓶を飲んだりもしたのだが、一向に眠くならない。ひとつには、この分不相応な部屋のせいもあったろう。もうひとつには、翌々日に控えた国連難民高等弁務官との対談のせいもあった。エリトリアにいる間は、エリトリアのことだけを考えて過ごした——そのツケがここへきて回ってきたのである。

国連難民高等弁務官を相手に、戦争と平和について語る。そんなことが本当に自分にできるのだろうか？　私はどんな話題をどう話し、どんな質問をするつもりなのか、まだ何も考えていなかった。横になって、それを考えようとすると、頭の中がもやもやしてきて、いつのまにか今日一日に見た〝初めて〟のものに心がいたってしまう。この部屋を定宿にしていたというガリ元国連事務総長のように、世界平和について考えているつもりが、いつのまにかホテル前に停まっていた黒のフェラーリのことを反芻したりしていたのだ。

またひとつ寝返りをうって、ベッドサイドの時計を確かめると、既に午前二時を回っていた。

ふと、あのフェラーリ・マラネロをもう一度見ておきたいと思う。何だか今日一日で見た〝初めて〟は、いずれも二度と見られないもののような気がしていたのだ。私はしばらくベッドの中でぐずぐず迷っていたが、どうせ眠れないのだと自分に言いきかせて、起き上がった。

ジーンズに綿のシャツを羽織り、前のボタンを留めながらドレッシングルームへ向かう。洗面台の傍らに、ディレクターのT君から分けてもらったスイスフランが幾らか置いてある。それをポケットにしまい込み、私は静かに部屋を後にした。何しろ夜中の二時過ぎだ。フロントマンに怪しまれてもいけないので、私は煙草を買いに出てきたふりをするつもりでいた。他のスタッフたちが泊まっている部屋の前を通り、大理石のらせん階段をゆっくり下りる。

幸いロビーには人気はなかった。奥にあるフロントにも、従業員の姿はない。私は足音をしのばせてロビーを横切り、回転ドアを押して表へ出た。

ひんやりと湿った夜気が頬を撫でる。綿のシャツ一枚では多少寒いくらいだ。息が白くはないことを確かめてから、私は右手の薄暗がりに目をやった。

そこには果して黒のフェラーリ・マラネロが停まっていた。闇の中で、敏捷な獣の眼のように輝いている。私は、吸い寄せられるように一歩ずつ、ゆっくりと近づいていった。すぐ脇を通り過ぎ、車の背後に回り込む。その後姿は絶品だった。T君ほどの車好きではない私が見ても、ぐっとくるものがある。私はしばらくの間、その後姿を惚れ惚れと眺めた。

ホテル正面の馬車廻しの内側に植物が植えてあって、その向こう側で輝く水銀灯の光が、マラネロの助手席側半分をぎらりと照らし出していた。車体の横腹のラインに沿って視線を動かしていくうち、そこに映り込んでいる風景の方へふと気がいった。ほぼ同じ高さに刈り揃えた植え込みの中に一本、ひょろ長い物影が混じっている。

　何だろうと思って、馬車廻しの内側へ目をやると、それは一輪の花だった。周囲の緑とはまったく別の意志が働いたかのように、その花だけが一際高く、天に向かって咲いている。

　まさか、と思いながら私はフェラーリの傍を離れ、馬車廻しを渡った。植え込みに近づいて確かめてみると、そのまさかだった。それはエリトリアの戦車の墓場にぽつんと一輪咲いていたのとまったく同じ、紅い花だった。下手なりにもスケッチをしたおかげで、花弁ばかりではなく、葉の形や茎のあんばいまではっきりと覚えている。まず見間違いではない。あの殺伐とした戦争の残骸の中に咲いていたのと同じ花が、この平和な高級ホテルの植え込みの中にも咲いている――偶然そのものの力を見せつけられる思いだった。

　花が何のために咲くのか、私は知らない。けれどこの時目にした紅い花は、私のために咲いていた。不思議だが、そうとしか考えられなかった。

人を待つ人

最初、私はつい苦笑してしまったのだった。一見したところ、それは滑稽な光景に思われたのだ。ユーゴスラビアの首都ベオグラードの国際空港に到着して、間もなくのことだ。私たち取材班の四人は、出口のゲートを目の前にして、ずいぶん長いこと足止めをくらっていた。

空港に降り立った直後の入国審査は思いの外あっさりと済んだものの、荷物を受け取る段になると、軍服を着た検査官が出てきて、急にややこしいことを言い始めたのだ。各人の手荷物は何の問題もなかったのだが、総勢四名の取材班が持ち込むにしては、撮影機材が多すぎたらしい。まだ二十代とおぼしき若い検査官は、職務上の使命感に燃えてか、或いは個人的な好奇心からなのか、書類を手に撮影機材を一つ一つ照らし合わせた上に、そんなことを訊いて何になるのか理解に苦しむ質問をしてくるのだった。最初のうちは四人がかりでそれに応対していたのだが、やがて検査官の子供じみた頑迷さに閉口した私は、目立たないように後ずさって、静かにその場から離れた。

すぐ隣の手荷物搬送用のベルトコンベアが停止していたので、その上に腰を下ろし、懐から煙草を取り出す。パッケージを軽く振って、飛び出した一本をくわえる。

ユーゴスラビアの人々は、煙草と濃いコーヒーが滅法好きだという話は聞いていたが、それは本当のことらしかった。現に国際空港の中もごく一部の空間を除けば、どこでも煙草が吸えるように、あちこちに灰皿が用意してある。これは私みたいな煙草呑みにとっては、実にありがたいことだった。

私はジュネーヴで試しに買ってみたスイス製の煙草を、ゆっくりとふかした。それより他にやることがなさそうなので、ここはひとつできるだけ時間をかけて喫煙しようと思っていたのだ。

右手のベルトコンベアの向こう側、簡易な衝立で仕切っただけの狭苦しい空間の中で、分からず屋の検査官とディレクターのT君が、互いに拙い英語で喧々囂々やりあっている。しばらく耳を傾けてみたが、結論はなかなか出そうになかった。

意外ときつくて、くらくらしそうなスイス製の煙草をふかしながら、私はあらためてこの手荷物受け取りのロビーを見回した。国際空港と言えば、どこもかしこも乗客でごった返しているのが普通だが、このロビーにはまったく人気がなかった。手荷物を流すベルトコンベアは一番から八番まであって、設備としては立派なものだ。しかし今のところ実際に稼働しているのは、一番から三番までの三機だけであるらしい。ようするにそれだけ旅行者が少ないということなのだろう。

ボスニア・ヘルツェゴビナ紛争の後、ユーゴスラビアは世界中から経済封鎖の措置をくらった。

もう何年にもなる。おかげで新ユーゴスラビアとして、セルビア人中心の国をつくり出そうとした矢先、国内の経済は混迷をきわめた。ギネスブックに記載されるほどのインフレーションが起きたというのだから、国が滅びてしまってもおかしくはなかった。戦争という毒は、大量の人間を殺すばかりでなく、経済を麻痺させることによって、せっかく生き残った人たちの人生をも殺してしまうのだ。

煙草の灰が長くなってきたことに気づき、私は立ち上がって、柱の脇に据えてある灰皿のところまで行った。灰を落とし、その場で立ったまま、残りの煙草をふかす。と、六番のベルトコンベアの傍らにある柱の陰から、戦闘服を着た兵士が静かに現れた。まだ若くて、両頬がうっすら紅い二十代前半の兵士だ。彼は、いかつい自動小銃を手にしていた。私の動きに何か不審なものを感じたのか、灰色の瞳でじっとこちらの様子を窺っている。その視線は刺すようだった。しかも感情を殺した表情のまま、まったく変わることがないので、仮面に見つめられているような気がした。もし今、私が突然出口のゲートに向かって走り出したら、彼は何の躊躇いもなく私の背中を撃つだろう。その様子を瞬間的に想像して、私は顔をこわばらせた。本当は彼に笑いかけて、少しでも心証をよくしたいところだったが、まったく笑えなかった。

人気のない、がらんとしたロビーの中で、自動小銃を手にした兵士と、煙草を手にした私は、無言のまま対峙していた。彼はこの寒々しい空間の支配者のように見えた。私はこわばった顔のまま、煙草をもう二、三服吸うと、灰皿で揉み消した。それから思い切って踵を返し、元いたベルトコンベアに腰を下ろした。

彼は、ずっと私を見ていた。と言うか監視していた。その間、表情が変わることはただの一度もなかった。彼は、私が元通りに座ったのを見届けると、静かに柱の陰に消えた。

私の緊張は、なかなか解けなかった。自動小銃に怯えたわけではない。あの兵士の表情、彼の顔が私を緊張させたのだ。あれは〝人を殺せる顔〟だ。と、私は思った。まだ頬の紅い、少年のような青年なのに。あんな顔をして生きていくのだなんて、何という殺伐とした人生を選んだことか。それとも選択の余地など、彼にはなかったのだろうか――戦争というものが人間に与えてくれる選択肢は、結局のところ二つしかない。生きるか、死ぬか、だ。当然、生きる方を選んだ結果として〝人を殺せる顔〟になってしまったのだとしたら、誰が彼を責めることができるだろう?

私は暗澹たる気持になった。ベオグラード市街にも、あんな顔をした歩哨があちこちに立っているのだろうか。そう思ってふと顔を上げ、出口のゲートを見やる。灰色の曇りガラスの自動ドアは閉ざされた状態で、外の風景は一切見えない。

そのまま視点を右へ移動させると同時に、私はあることに気づいた。今までコンクリートの塗り壁だとばかり思っていた真正面の壁面には、実は自動ドアと同じ曇りガラスが嵌め込まれていた。むろんちょっとやそっとで砕けるような代物ではなく、もしかしたら防弾ガラスかもしれない。足元から天井の際まで、幅は二十メートル近くあろうか。かなりの面積なので、おそらく繋ぎ目だろう、ほぼ二メートルおきに細いスリットが縦に入っている。そこだけ透明になった繋ぎ目の幅は一センチにも満たない。しかしよくよく見ると、出口に近いところから順に、その細いスリットに沢山の人が群がっていた。曇りガラス越しに、彼らの姿は薄ぼんやりとした影絵のように見える。

何をしてるのだろう?

疑問を感じると同時に、私はつい苦笑してしまったのだった。僅か一センチ足らずのスリットに入れ代わり立ち代わり群がる人々の影。一見したところ、それは滑稽な無言劇のようだった。兵士の灰色の瞳に見据えられた直後で、暗い気持になりかけていた私は、どんな些細なきっかけでもいいから、少し笑いたかったのだ。

しかし私の思惑は大きく外れた。

目を凝らしてみると、その細い透明なスリットには、二つか三つの瞳が縦に並んでいた。彼らは立ったり、中腰になったり、しゃがんだりして、ガラス面に鼻を押しつけ、片目で中の様子を覗いているのだ。一本のスリットの前からじっと動かない人影もあれば、二メートル間隔のスリットを順ぐりに移動する人影もある。中を覗く瞳の一つと目が合うなり、私の口許から苦笑が消えた。

彼らは待っているのだ。

父母か兄弟か恋人か親友かは分からないけれど、自分にとってかけがえのない人が帰ってくるのを、待っているのだ。しかもその人は気楽な外遊に出かけていたわけではない。おそらくはボスニア・ヘルツェゴビナの戦火を生き延びた人で、もう何年もの間、逢いたくても逢えなかった相手だ。その無事な姿を一分でも一秒でも早く確かめたくて、彼らは恥も外聞もなく鼻がひしゃげるほどガラス面に顔を押しつけ、必死の思いで中を覗いているのだ。

かつて自分はあんなふうにして、誰かを待ったことがあったろうか？　一秒でも早く逢いたくて、胸が張り裂けそうになったことがあっただろうか？　ない。ただの一度もない。そんな自分が、私は恥ずかしかった。

ひまわり

ひまわり。

ひまわりひまわり。

ひまわりひまわりひまわり。

見渡すかぎりいちめんのひまわり畑が、左右の車窓の向こうに広がっていた。ベオグラードの郊外から何十キロと広がるひまわり畑の真ん中に一本、二車線のみすぼらしいハイウエイが通っている。私たちのロケバスは、その黄色い道を疾走していた。

疾走、と言うのは、決して誇張ではない。ベオグラード在住の日本人通訳O氏に紹介された運転手、BB氏は、全盛期のチャールズ・ブロンソンを想わせる渋いアラブ系中年男性である。普段は、冗談好きで人当たりの好い性格の持主なのだが、ひと度車のハンドルを握ると、たちまち人格が変わってしまう。目的地がどんなに近くても、遠くても、最短距離の最短時間で行ってみせる――それが自分の使命だとBB氏は固く信じて、毎度毎度アクセルを目一杯踏み込んでしまうのだ。一般道路でもそんな調子なのだから、この国のほとんど唯一のハイウエイを走るとなれば、なおさらのことである。

彼の操るワゴン車は、限界と思われる百四十キロを保ちながら、旧ソビエト製の乗用車やトラックなどを次々と器用に追い越していく。車内には私たち取材班の一行四人と、通訳のO氏が乗り込んでいる。しかし五人が五人ともBB氏の運転に恐怖を感じながらも、互いに目を見交わして苦笑するばかりで、結局何も文句を言うことはできなかった。彼にとっての職場である運転席に座り、ハンドルを握りしめると、BB氏の表情は豹変する。その横顔には孤独な真剣さが漂っていて、今さら安全運転を呼びかけたところで、まず聞き入れられそうにない雰囲気だったのだ。

ひまわりひまわり。

ひまわり。

ひまわりひまわりひまわりひまわりひまわり。

ベオグラードの街を離れて、ドナウ河を越え、ひまわりの道を車で一時間半ほど。私たち一行は郊外の田園地帯の中にある名もない村に、セルビア人の難民収容所を訪れる予定だった。行けば私は、厭でも何かしら切ない現実を、また目の当たりにすることになるのだろう――そんな気がしていた。

ふとその日の午前中に訪ねた、セルビア人難民の屋根ふき職人のことが思い出された。パンチェロという小さな町の片隅で、彼はやっとのことでありついた屋根ふきの仕事をしていた。パンチェロは一見戦争の影のない、安楽で平和な町に見えた。しかし実はその中に暮らす人たちの胸には、相も変わらず戦争の傷痕が残っているに違いなかった。例えば町一番の高い建物――ゴシック様式の時計台があるのだが、その時刻が明らかにどうかしているのだ。私たちがパンチェロの町に入ったのは、朝の八時二十分くらいだったのだが、その時不意に、通りすがりの広場の時計台が鳴り始めた。狂ったように延々と十二回、響き渡ったのだ。何というはた迷惑な時計だろう、と私は一瞬眉をひそめたのだが、よくよく考えてみれば、その狂ったような、どうかしてる鐘の音は、現在の混乱したユーゴスラビアという国そのものを表しているようにも思えてくる。こんなにも狂ってしまった時計台の時刻を、誰も直そうともしない。どうせまた近々起きる戦争でやられてしまうかもしれないのだから、そんなもの直したって無駄だと諦め切っているのだろうか。或いは市民の多くが、あまりにも辛い時代を過ごしてきたために「時間など知りたくもない」と言って時計から目をそむけているのだろうか。いずれにしても町のシンボルであるはずの時計台の時刻を、すっかり狂ったまま放っぽらかしにしておける気持というのは、結構すさんだものではないのかと私は思った。

パンチェロ郊外に建つ、小ぢんまりした個人宅の庭先で、私はそのセルビア人難民の屋根ふき職人と引き会わせられた。赤味がかったオレンジ色の屋根の上で仕事中だった彼は、通訳のO氏が声をかけると、片手を上げて微笑んで見せ、斜めにかけた梯子をゆっくり降りてきた。片足を引きずりながら私たちに近づいてくると、一人一人と固い握手を交わす。年齢は、五十代前半といったところだろうか。長い年月にわたって苦悩しすぎたからでもなかろうが、目、鼻、口が顔の真ん中にぎゅっと集中してしまった容貌である。その眉間に深く刻まれた皺も、内戦で負傷した右足の痛みと同様、たとえ彼の顔が笑ってようとも、消えることはなさそうだった。

通訳のO氏を介して、彼はこれまでの自分の人生について、或いは自分の運命について淡々と語った。内戦が始まる以前の彼は、生まれ故郷のクロアチアで三十人ほどの職人を使う、大工の棟梁だったという。それが或る日突然に戦争が始まり、自分の弟子だった連中までが彼に銃口を向けるようになったのだ。彼は家族を失い、右足の自由を失い、故郷を失い、こんな見ず知らずの土地で今さら屋根ふきの下働きをしている。何故だ？　彼がセルビア人だったから。他に何の理由もないのだ。カメラが回っている前で語っている内に、冷静だった彼の口調が熱をおびてきた。アメリカの大統領をここに連れてきてくれ、と彼は訴えた。アメリカの思惑のおかげで、セルビア人は一方的に悪者にされ、ユーゴスラビアは世界中から経済封鎖をくらっているが、それは間違っている。誤解だ。セルビア人だって虐殺されたのだ。自分はたまたま運よく右足一本で済んだのだ。そのことを分かってもらいたい。彼は最後には怒りに満ちた目をして、そう言ったのだった。

ひまわりひまわり。

ひまわりひまわりひまわり。

ひまわりひまわり……。

私は彼の前で、自分の咎を責められているような気分だった。あの目。私はそれを振り払うように、窓外のひまわり畑に目をはせるのだった。行けども行けどもひまわり畑。ひまわり以外には何も見当たらない風景だ。西欧では、一般の食卓の料理にはひまわり油を使うので、あちこちに広いひまわり畑がある、という話を海外通の友人から聞いてはいたものの、まさかこれほどまでに広大な規模のものだとは思わなかった。何しろロケバスは百四十キロ近い速度でぶっとばしている——にもかかわらず窓外には、既に二十分近くの間、いちめんのひまわり畑が一度も途切れることなく、延々と広がっているのだ。

どのひまわりも大ぶりで、人の背丈くらいの高さがあるものばかりだった。それが、見渡すかぎり同じ方向を向いて、まっ黄色に競い合って咲いている。その風景には最初のうちこそ驚かされるものの、眺める気持が落ちついてくるにつれて、次第に不気味な印象が募ってくる。ベオグラード郊外に広がる、あまりにも夥しい数のひまわりの群れ——それらは私に、隊列を組んだ黄色い兵隊を想像させたのだ。見渡すかぎり整然と、同じ方を向いて立ち並ぶ、物言わぬ黄色い兵士たち。そう考えると、ひまわりの一本一本が、死んだこの国の兵士たちの代わりに、そこに生えているようにも思えてくる。

ひまわり。

ひまわりひまわりひまわり。

ひまわりひまわり……。

やがて私は兵士の連想から離れて、また別のひまわりを巡る物思いに耽っていた。ひまわりと言えば、やはりどうしてもゴッホの絵を思い出してしまう。実際に本物のひまわりを育てたりして、身近なものであったのは小学生のごく一時期で、その後の私にとっては、ひまわりなんて自分とはまったく無関係な植物でしかなかった。ところが一方で、ゴッホの描いた「ひまわり」については、年齢を重ねるごとに強く惹きつけられるものがあるのだ。どうしてゴッホは決して長いとは言えない創作活動の中で、何度も繰り返し「ひまわり」を描いたのだろうか。何故他の花ではなくて、ひまわりだったのだろうか？　この素朴すぎる疑問に関する、ちょっとしたヒントに出会ったのは、ごく最近のことだった。それは意外にもイギリスの詩人、ブレイクの詩集の中にあった。本自体は大分前に買うだけ買って、長らくベッドの枕元に積んであったものを、或る時たまたま手に取って開いてみたのだ。ごく不真面目に目を通していったところ、中に一篇「ああ　ひまわりよ」と題する詩があった。私はそれを読んだ。

ああ　日の花よ　時に倦み
日の足音を　かぞえつつ
したいわぶる　金色のゆかしい国――
旅人の旅路のはてにあるという。

そこを　やつれはてたわこうど、
雪白の衣まとう　あおざめた処女は
墓より立ちあがり、あくがれる――
私のひまわりが慕うかなたの国。

（土居光知訳）

たったこれだけの短い詩である。一度読んだだけでは、私には何の詩なのかよく分からなかった。だからこそ読みとばせなかったのだ。私は改めて題名に目をやり、「ひまわりよ」という言葉からゴッホの絵を連想した。あの強烈な色彩を思い浮かべながら、もう一度ブレイクの詩を読んでみたのだ。すると言葉と絵の両者が驚くほど呼応して、互いに響き合い、私の中に、今まで一度も思い描いてみたことのなかった「ひまわり」のイメージを喚起するのだった。

おそらく詩人ブレイクと画家ゴッホは、同じひまわりを見たのだ。

私は直観的にそう思った。そういえばこの二人には常に神の存在がつきまとい、終生、幻視に悩まされたり啓示に励まされたりしていた、という共通点もあるのだった。何故ゴッホは他の花ではなく、「ひまわり」を描いたのか？　その理由らしきものが、ブレイクの詩の言葉の中に、かすかに垣間見えるように思えた。

「金色のゆかしい国——旅人の旅路のはてにあるという」

ひまわりはそういう国を慕いわびる花。旅人の旅路のはてに咲きたいと願う花が、ひまわりなのだ、とブレイクはうたっているのだろう。そういう言い伝えがもともと西洋にはあったのか、或いは詩人自らが生み出したものなのかは、定かではない。けれどその百年後に現れたゴッホという画家が、そういう「ひまわり」を描こうとしたのは確かなことだ。金色に輝くひまわりの花の向こう側に、彼は旅人の旅路のはてを見据えていたのではなかったか？　ゴッホがブレイクの詩を愛読していたというのではない。調べたところで、おそらく二人を結びつける根拠は見つからないだろう。ただ両者はともに「旅人の旅路のはて」に生きようとした人であり、そんなぎりぎりの生の淵に立てばこそ垣間見える、切実な何かを描こうとした人であった。時代は異なろうとも、二人はまったく同じ場所に立って、そこに咲く同じ「ひまわり」を見たのだ。私は自分の直観だけをたよりに、そんな解釈を施して、一人で悦に入ったのだった。

ひまわりひまわり。

ひまわりひまわりひまわり。

ひまわりひまわり。

こんなにもひまわりが咲き乱れるベオグラード郊外もまた、「旅人の旅路のはて」ということになるのだろうか。私は、自分が「旅人」としてここに在ることを、改めて思い出す。旅人として辿った今までの旅路を、ぼんやりと反芻する。窓にもたれ、目の端にちらちらするひまわりの黄色を意識の外へ追いやろうとしている内に、私はいつしかうたた寝をしていた……。

十分か、二十分か。どれくらいの時間が経ったのかは分からない。はっと気づいた時には、もう窓外にひまわりの姿はなくなっていた。見えるのは、名も知らぬ草と樹ばかりである。ロケバスは既にハイウエイから一般道に下り、今は未舗装の田舎道を走っていた。路面の状態があまりにも悪いため、さすがのＢＢ氏もアクセルを踏み込みかねている様子だ。

「まもなくです」

助手席に座っている通訳のO氏が、振り向いてそう告げた。音声のN氏もカメラマンのA君もそれぞれの機材の準備をし始めて、車内はにわかに慌ただしくなった。私は準備すべきものが何もなかったので、空咳を漏らして居住まいを正した。ただ緊張して待つことだけが、私の準備なのだ。ロケバスは土埃のたつ田舎道をしばらく走った後、牧草とも雑草ともつかぬ草地に入った。やがて路面が泥濘に変わり始めたところで、BB氏はブレーキを踏んだ。フロントグラス越しに、古ぼけた木造の平屋が見える。それがセルビア人の難民施設であった。

車から降りた私たちを出迎えたのは、鶏の鳴き声と、鶏糞の臭いだった。見ると、すぐ傍らに簡素な鶏小屋がある。多分物置か何かを改造して、造ったのだろう。おざなりに取りつけられた金網の中で、五羽にも満たない痩せた鶏たちが、ありもしない餌をついばんでいる。その脇を通り過ぎてしばらく進むと、右手に懐かしい手漕ぎ式のポンプがついた井戸があり、左手には木造の平屋が見えた。

近づくにつれて、その施設は、私が予期していたものより数段劣る、ごく貧しい建物であることが分かってきた。コの字型に建てられた平屋は相当古いもので、廃屋寸前といった趣である。一面雑草の生えた中庭らしきスペースに立ってみると、左右の棟がそれぞれ外側に向けて微妙にかしいでいるのが分かる。こんな危なっかしい建物に、彼らセルビア人難民たちは暮らしているのだ。何しろつい今さっきまで、中庭の辺りには人の気配があった。子供たちの遊ぶ声も聞こえていたのだが、私たち余所者がやってくるのを察してか、誰もが素早く隠れてしまったのだ。息を殺し、こちらの様子をじっと窺う気配が、あちこちの物陰に感じられる。

しかし先頭を行くディレクターのT君と通訳のO氏は、コの字型の平屋の前を素通りして、先へと進むのだった。荒れはてた畑の中の農道を抜け、百メートルほど先にあるプレハブの建物に向かう。聞けば、取材許可を取りつけたセルビア人難民のV氏が、そこで仕事をしているのだという。クロアチアにいた頃の彼は、国内でも有数のインテリア会社の社長だったと、通訳のO氏が教えてくれた。しかし現在は、月に一度あるかないかの注文を受けて、自分の手で家具を作っているらしい。

プレハブの建物のドアを開けると、削りたての木屑の匂いがした。中は家捜しをされた直後みたいな散らかりようだ。作業台に向かって、木製の家具を作っている最中の男が、私たちを振り返った。前頭部が禿げ上がった、眉の濃い中年男性だ。五十歳前後だろうか。目が合うと、両手を広げて歓迎の意を表し、自ら歩み寄ってきて私の手を握った。力強い握手だった。が、それら一連の反応の中には、どこかしら無理が感じられた。実際のところ彼らの暮らしぶりには、遠国からの客人を歓迎する余裕などないはずなのだ。ならばこの男は何故、仕事の邪魔にしかならない私たちを迎え入れる気になったのだろう。ＮＨＫがある程度の謝礼を約束したからか。それとも相手がどこの国の放送局であれ、テレビを通じて是が非でも訴えたいことがあるのだろうか。既にカメラが回っているのを意識して、私はまず目の前にある、当たり障りのないことを質問した。

「それは何を作ってるんですか？」

「チェストだよ」

彼は通訳のＯ氏を介して答えた。

「安物のパイン材だけどね、こうやって削る段階でちょっとした工夫を施しておくと、塗装が映えて、かなり高級な風合に仕上がるんだ」

「へえ、凄いですね」

「昔とった杵柄だよ。こう見えても俺は、若い頃はクロアチア一番の家具職人だったんだ。ウィーンの貴族から注文がきたこともあったな。嘘じゃない、本当だよ」

言いながら彼は作業用の前掛けを外し、木屑をはたき落としてから、残り少ない髪を丁寧に撫でつけた。家具職人であったことはともかく、その後出世して大手インテリア会社の社長にまで上り詰めたことを、彼は語ろうとはしなかった。いくら私が水を向けようとも、会社を経営していた時代については言葉を濁し、話をはぐらかせてしまうのだ。代わりに彼は、今現在の注文が極端に少ないことと、一旦家具を作り出すとあちこち凝ってしまい、時間がかかり過ぎて割りが合わないことをぼやくのだった。

「まあ、とにかく外へ出よう。いい空気を吸って、それから家族を紹介するよ」

そう言ってV氏はズボンについた木屑をはたきながら、表へ出ていった。カメラを回し続けるA君を先頭に、私たちもぞろぞろと後に続く。

見上げると空は、何の問題もなく隅々まで晴れわたっていた。ひまわりの群れが揃って見つめていた太陽はやや傾いて、午後二時の陽射しで我々を照らしていた。しかし一方で大地に目を向けてみると、そこには実際何かが殺されたような殺風景が広がっているのだった。見渡すかぎり広大な荒畑。おそらく戦争のせいなのだろう、この一帯には荒れたまま何年も放っておかれた畑しかなかった。最高の青空の下、最低の大地を、私たちは無言のまま歩いた。

やがてコの字型の平屋に辿りつくと、V氏は中庭に向かって左側の棟へと私たちを案内した。ここはもう半世紀も前の建物だ、と彼は歩きながら教えてくれた。周辺一帯の畑が豊作続きで、人手もたくさん必要だった時代に、季節雇いのジプシーたちを寝泊まりさせたのが、この平屋なのだという。

「他にどこにも行き場のない奴らが住む家なんだよ。昔も、今もな」

彼は自嘲気味にそう呟いて、乾いた笑いを漏らすのだった。私はしばらくの間、何も言えなくなってしまった。

建物の中は薄暗く、どこからか糞尿の臭いが漂っていた。そういえば私が通っていた小学校の校舎の別棟にあった、古い木造の便所が、ちょうどこんな感じだった。陰気な板張りの廊下の両側に、等間隔で扉が並ぶ。セルビア人難民の収容施設、と聞いた時に私が抱いたイメージとは、大きくかけ離れている。ついこの間まで大会社の社長だった人が、こんなところに暮らしているのかと思うと、私は前を行くV氏の背中を、まともに見つめられなくなった。

彼は、一足ごとにきいきい軋む廊下を一番奥まで進むと、左側の扉の前で立ち止まった。ノックをして、ひと間おいて扉を開きながら私たちに手招きをする。まずカメラマンのA君がそれに応じて素早く近づき、開いた扉のところから室内の様子を撮影し始める。音声のN氏と私が、彼の後に続く。

「これが我が家だ」

V氏は独特の節をつけてそう言うと、中に入って見るよう私を促した。背中を押されて一歩、室内に足を踏み入れる。同時に、生々しい男臭さが鼻についた。柔道部の部室や、飯場の四人部屋なんかで嗅いだ記憶がある臭いだ。私は思わず息を詰めた。

六畳にも満たない室内には、寝床しか見当たらなかった。右手の壁際には、V氏の手作りだろうか、極端に幅の狭い寝台が据えてある。そして左手の壁際には、二段ベッド。丈がある分、余計に存在感があって、室内空間のほとんどすべてを占めているように感じられる。二種類のベッドの間には、ようやく人一人が通れるくらいの通路があって、突き当たりの小窓の真下に、奥行きが少なく平べったいチェストが置いてある。

一応窓際まで行ってみるつもりでもう一歩足を踏み出すと、左手の二段ベッドの下側に、誰かの脚がちらりと見えた。高校生だろうか、十代半ばの男の子が仰向けに寝転がって、コミックスらしき雑誌を読んでいる。私と目が合っても、何の感情の動きも感じさせずに、また手元の雑誌に目を落とす。「やあ」と私は右手を上げて、こわばった笑顔で挨拶をしてみたが、返事はなかった。

「あのう、そちら上の息子さんだそうです」

背後からO氏が言う。

「十七歳だから、高校生ですね。もう一人の息子さんは不在なんですが、十六歳で、やはり高校生だそうです」

思春期まっ盛りの高校生の息子二人と、こんな間近に顔を突き合わせて暮らすのは、どんな気持だろう。三人とも背を向け合ったまま何の会話もなかったとしても、或いは毎日いがみあって摑み合いの喧嘩をしていたとしても、彼ら父子を責めることなど誰にもできないだろう。

改めて眺めると、二段ベッドが置いてある左側の壁面には、上から下までたくさんのポスターや、写真の切り抜きが貼ってあった。映画スターや、サッカー選手や、F1マシンや、ミッキーマウス。しかし中でも一番数多く貼ってあるのは、水着姿の女の写真やヌードのポスターだった。一方、父親のベッド側の壁面に目をやると、枕元にただ一枚、キリストを描いた宗教画を額に入れて飾ってあるだけだ。その対比は微笑ましいような、切ないような印象を私に与えた。

「これが我々セルビア人難民に与えられた暮らしだ」

扉のところから、V氏はそう言った。しかしこれでも自分たち一家は、恵まれている方なのだと。国内の難民収容施設は、作っても作っても追いつかない状態で、順番を待ち詫びる難民が数限りなくいるという。たとえ傾いた平屋の物置みたいな部屋でも、屋根の下で眠れるんだから、それだけでも幸運なことだと彼は言った。

私は訳知り顔で頷いたのだが、十七歳の息子には何か別の言い分があったのだろう。二段ベッドの下から父親に向かって、早口で何事か意見したのだ。V氏はたちまち顔色を変え、声を荒らげて応酬する。しかし息子は怯む様子もなく、大声で反論しながら、手にしたコミックスの雑誌を私たちに投げつけてきた。それはカメラマンのA君の太腿に軽く当たって、床に落ちた。開いたページには、ベッドインした若い男女のもとにコンドームのセールスマンが訪れる、という展開の漫画が描かれていた。

その絵をざっと眺めた後、私は無言のまま部屋を後にした。廊下に出ると、腹の虫のおさまらないV氏が、ディレクターのT君を相手に、息子に対する悪態をついている。あいつは何も分かっちゃいない。現実をなめてるんだ。学校にも行かなきゃ、働きもせずに、ああやって一日じゅう寝転んで漫画を読んでやがる。俺が意見すると、これが自分の人生だって開き直るんだからな。二段ベッドの下の段が、奴の世界のすべてだなんて、真顔で言いやがるんだ。まったく手に負えないよ。

「どうしたもんかねえ」

そう言って肩を竦めるV氏の横顔を眺めながら、私は先程から胸にわだかまっている質問を口にすべきかどうか、迷っていた。彼の女房、つまりあの息子たちの母親は、どうしたのか？　戦争の最中に亡くなってしまったか、或いは行方不明になったままか。いずれにせよ十中八九、無事ではないのだろう。そのことをV氏本人に確かめるのは、どうしても躊躇われた。結局私は通訳のO氏に目くばせして傍へ寄り、小声でこっそり訊いてみることにした。

「あの……彼の奥さんのことなんだけど」

耳元でそう囁くと、O氏は苦しそうな顔をして二、三度頷いた。明らかに、知っているけれども

話したくなさそうな様子だ。彼はＶ氏が背中を向けていることを確かめてから、

「後で」

と静かに答えた。すると同時にＶ氏が振り返って、私たち二人を見た。

「女房のことかい？」

その声や表情は、怒っているようでもなく、悲しそうでもなかった。

「女房のことが知りたいんだろ？」

彼はまるで今日の朝食について尋ねられたかのように、ごく当たり前の顔で話し始めるのだった。

「女房は半年前、別の男と逃げてしまったよ。スイスだかオーストリアだか、分からないけど外国にいるはずだ。ここの暮らしには、とても堪えられなかったんだ。無理もないよ。俺がもし彼女だったら、まったく同じことをしたと思うね。だから俺は女房のことを責めるつもりは、これっぽっちもない。神にかけて本当だ。彼女は悪くない」

彼は私の目を見つめながら、淡々と語った。私は黙って深く頷いた。薄暗い廊下の中にあって、彼の影だけが一際濃くなったように感じられた。

「ただあいつらはな……息子たちはそう簡単に納得できないだろう。二人ともまだ子供だからな。自分たちが母親に棄てられたと思ってるんだよ。だからああやってふてくされてるのさ。まったく

手に負えないよ」

　V氏は自分の部屋の扉の方をちらりと見やって、苦笑を浮かべた。そして「どうしたもんかねえ」と一言ぼやいてから、歩きだした。彼の一足ごとに、廊下がきいきい悲鳴を上げる。私は目を伏せて、床面にぼんやりと映る彼の影の後をついていった。

　中庭には、午後の陽射しが降り注いでいた。

　しばらくは眩しくて、まともに目が開けられない。足元から草の、緑の匂いがする。私はポケットから煙草を出して一本銜え、隣にいたV氏にも勧めてみた。彼は目の色を明るくして、私が差し出したパッケージから一本抜いた。ユーゴスラビアの人たちは男女ともに、超がつくほどの煙草好きが多い。彼もまたその一人なのだろう。一本の煙草を、彼は実に美味そうに呑むのだった。

　今さっきまで物陰に隠れて、私たちの様子を覗き見していた子供たちが、ここへきて我慢できなくなったらしく、一人また一人と中庭に姿を現した。はにかんだ愛らしい笑顔を浮かべながら、少しずつ私たちの傍へ近づいてくる。やはり日本人を見るのは、これが初めてなのだろう。彼らは特にA君が持っているプロ仕様のビデオカメラが、気になって仕方ないようだ。いつのまにかA君の周囲には、男女合わせて六人の子供たちが集まっていた。下は五歳から上は十歳くらいまでだろうか。おそらくどこかから寄付されたものだろう、どの子供も一昔も二昔も前のデザインの、懐かしい子供服を着ている。しかし服だの靴だのが多少くたびれていようと、そんなことは大した問題ではない。彼らが心から楽しげに笑うのを目にすると、服装の印象など消え失せてしまうのだ。この陰気な施設に暮らす、子供たちの明るい笑顔には、ちょっとした引力がある。その笑顔の力は、彼らが戦争の中を生き抜いてきた過程で、培われたものなのだろうか。A君は子供たちを整列させて、順番にビデオカメラを触らせてやっていた。子供たちは興奮して、きゃあきゃあはしゃぎ回った。中庭を照らす陽射しが、一際明るくなったようだった。

やがてディレクターのT君が腕時計に目を走らせ、さてそろそろ始めましょうか、と皆を促した。とにかく日暮れまでに、幾つかのカットを撮っておく必要があるのだ。T君は通訳のO氏を呼び寄せて、多少頼みにくそうに言った。

「この後なんですけど、彼のお母さんが暮らしてる部屋の方も撮りたいんですが、大丈夫ですよね」

大丈夫ですよ、とO氏は即答した。その件は前もって彼に確認してありますから。でも念のためもう一度訊いておきましょうか。早口でそう言って、O氏はV氏にその旨を尋ねた。構わない、と彼は頷いた。

「セルビア人難民の年寄りが今、どんな境遇にあるのか、そのカメラでありのままに撮ってくれればいい」

彼は物静かな口調でそう言った。戦争というやつは未だに我々の人生を蝕んでいる——戦争はまだ終わっていないのだ。そういう意味のことを呟くと、彼は今度は中庭に向かって右側の棟を目指した。私たち一行も後に続くと、子供たちまでが面白がって後からぞろぞろついてくる。

右側の棟の出入口脇には、トタン屋根を設えた共同炊事場がある。たった今、野良から戻ってきたばかりらしい中年女性が四、五人そこに集まって、楽しげにお喋りをしている。井戸端会議というのは、どの国でも似たようなものであるらしい。彼女たちは傍を通り過ぎる私たちを一瞥すると、急に小声になって何事か言い交わした。言葉は分からないが、言い方のニュアンスから察すると、私たちの後に続く子供たちには分からないような隠語で、性的なことを話題にしたのではなかろうか。ややあってから、彼女たちはいっせいに笑い声を上げた。

それを聞いて、何となくほっとしたのは、私だけではなかったろう。前を行くスタッフたちの背中も、自然と微笑んでいるのが分かる。女性の笑い声が、こんなにも自分を慰めてくれるものなのだとは、私は今まで気づかずにいた。

彼女たちの明るい笑い声とは対照的に、建物の中はやけに薄暗く感じられた。目が慣れるまでしばらくの猶予がある。その間、私はまた糞尿の臭いを嗅いだ。一足ごとに、廊下に張った板が、セルビア語できいきい軋む。先程訪れた向かいの棟と同じく、廊下の両側には等間隔で扉が並んでいる。造りはまったく同じだ。なのにこちらの棟の方が、より一層陰気に感じられるのは、何故だろう。もしかしたらこの棟には、年老いた難民ばかりが暮らしているのかもしれない。そういえばどの部屋からも何の物音も聞こえない。静まり返った廊下を歩きながら、V氏は懐かしそうに言うのだった。

「女房はこっちの部屋でおふくろと一緒に暮らしてたんだ。いや、二人は仲が好かったんだよ。何だか知らないけど、うまが合うみたいでね。楽しそうに一日じゅうでもお喋りしていたもんだ……」

彼は奥から二番目の扉の前で立ち止まると、軽くノックしてから返事を待たずに中へ入っていった。先程見た向こうの棟の部屋よりも、こちらの方が狭いだろう。四畳半にも満たない、ちっぽけな部屋だ。右手の壁際にベッドがあり、窓際に据えた花台に花瓶が載せてあって、小さめのひまわりが一輪生けてある。それ以外の家具というのは何ひとつない。そして黒い頭巾を被った西洋の魔法使いみたいな老婆が一人、何故かベッド脇の床に座り込んでいる。見ると、ベッドの上には新聞紙が敷いてあり、茶殻のような葉が一面にばらまかれている。居場所がまったくなさそうなので、私とカメラマンのA君の二人が扉付近に陣取り、その背後から音声のスタッフが長い棒につけたマイクを何とか室内に差し入れた。通訳のO氏は私の腋の下から顔を突き出し、ディレクターのT君は完全に蚊帳の外で待機するしかなかった。

「俺のおふくろだ」

V氏はそう言って、床に座り込んでいる老婆に何事か早口で告げた。不意の東洋人の乱入に、怪訝そうな顔をしていた彼女は、息子の説明を聞くとたちまち相好を崩して、

「ああ、ああ、ああ、まあ……」

と感嘆するばかりだった。通訳のO氏が我々の取材意図を告げると、彼女はよろよろ立ち上がり、一番近くにいた私の手を握りしめながら、

「まあ、まあ、それはまた本当に遠くから、ああ、こんなところへ。ようこそいらっしゃいました」

と嗄れた声で言った。私はその手を緩く握り返した。荒れてはいるが、たった今まで日向に晒していたように温もった手だった。老婆は言葉を続けた。

「私は日本の人と会うのは、これが初めてです。ああ、ああ、そうですか。本当に心から歓迎します」

しかしその言葉とはうらはら、老婆は段々切なげな顔になっていって、

「けれど、申し訳ありません」

といきなり詫びるのだった。握っていた手を放し、いつの間にか目元に滲んでいる涙を指先で横ざまに拭いながら、謝ろうとする。その皺くちゃの樹の幹のような顔から、私は目が離せなくなった。

「せっかくのお客様なのに、今の私にはコーヒーをお出しすることもできないのです。ごめんなさい。ごめんなさい。どうか私の無礼を許して下さい……」

私には、何故彼女がそれほどまでに申し訳なさそうに言って涙を零すのか、理解できなかった。通訳のO氏の方を見やると、彼もまた瞳を潤ませながら説明してくれたのだった。クロアチアも含めた旧ユーゴスラビア一帯では、慣習として、お客様にコーヒーをふるまうのが、最低限の礼儀とされているのだという。難民となった老婆は、そんな基本中の基本である礼儀すら守れない自分が情けなく、恥ずかしく、けれどどうしようもなくて泣いているのだ。

「今私の手元には、紅茶の出涸らしの葉しかありません」

老婆は洟をすすりながらそう言って、ベッドの上にばらまいた葉を指さし、

「でもこの通り、それすらも乾かしている途中なのです。ああ、ああ、ああ。せっかく、せっかく遠い国から来て下さったのに。私には何ひとつしてあげられない。私はいつのまにこんな礼儀知

らずの人間になってしまったのでしょう。ああ、ああ、本当に申し訳ありません」

老婆はとうとう両手で顔を覆って、傍らに控えていた息子のV氏の腕の中へ泣き崩れた。氏は、難しい顔をしていた。本当は、私自身も声を放って泣き出したかった。しかしそれは許されないことだ。取材と称して半ば物見遊山で訪れた人間が、この場だけで貰い泣きをするなんて、彼女の涙の価値を貶めるだけのことではないか。だから私は、泣くまいとした。そして潤んだ瞳を窓際の花瓶に生けてある、一輪のひまわりに向けた。

「ああ、ひまわりよ」

私は心の中で叫んだ。何故おまえはこんな場所にあって、そんなにも黄色く、屈託もなく咲いているのか。私には、老婆を慰める言葉など一言もない。今の自分は、一輪のひまわりにも劣る人間だ。私は、相手の切実な現実とそこに暮らす気持など何も考えず、難民の施設をただ見物にきただけの愚か者だ。

いつのまにかカメラマンのA君が隣へ回り込んで、私の横顔のアップを撮っていた。涙が零れるところを撮りたかったのだろう。それが分かったので、私は無言のまま素早く踵を返すと、扉のところに固まっていたスタッフたちを押し退けて、部屋を後にした。軋む廊下を抜け、表へ出る。

空は相変わらず青かった。日暮れ前の、柔かな陽射しが、人けのない中庭に降り注いでいる。私は自分の涙をふり切ろうとするかのような勢いで、草むらを横切った。

ひまわり。

ひまわりひまわり。

ひまわり……。

草いきれを嗅ぎながら私は、またひまわりのことを思い浮かべていた。老婆の部屋の窓際の花瓶に一輪、咲いていたひまわりのことを。あれが旅路のはてに咲いたひまわりの姿なのかと。

プノンペンで転んだ

乗客はわずか二十八名だった。

バンコクからプノンペンに向かう航空機の機内だ。「オリエントタイ航空」という聞いたこともないローカルの航空会社が、臨時便として用意した航空機は、古い型のジャンボジェットだった。そのキャビンは、二十八名の乗客たちにとって、あまりにも広かった。しかも中央列の座席の頭上にあるはずの荷物入れがごっそり取り払われていて、天井もやけに高く感じられる。無闇にがらんとした空間の中、乗客たちは各々好き勝手な席にぽつり、ぽつりと虚しく座っていた。

ようするに今現在プノンペンを訪れようなんていう酔狂な奴は、世界中で二十八人しかいないということなのだろう――。

すかすかの機内を改めて見渡しながら、私は思った。いや、最後尾の座席にいる赤ん坊連れのカンボジア人夫妻だけは、酔狂ではあるまい。必要に迫られて、里帰りをするところなのだ。彼らを除く二十五名の乗客は、私たち一行の四名も含めて全員が、どこかの国のジャーナリストに違いなかった。肌の色も国籍も年齢も違うはずなのに、皆、どこか似通った雰囲気を持っている。単に緊張して、こわばった顔つきをしているだけではない。良く言えば危険を顧みない意志のようなもの、悪く言えば向こう見ずな性質――それがジャーナリストたちの共通点だった。

ごく最近、と言っても二週間以上前のことになるが、首都プノンペン市街で激しい銃撃戦があった。私はまだ出国前で、旅行中に〆切のある原稿を書いているところへ、番組スタッフからの一報が入った。翌日の朝刊には「カンボジアで内戦勃発か」という内容の記事とともに、リヤカーに家財道具を積んで避難する人々の写真が載っていた。

カンボジアでは、第一首相と第二首相との間で、水面下の権力争いが長らく続いていた。それが最近になって、第二首相が政治的に第一首相を追い落とし、実権を握ったかと思われたが、その直後から何やらきな臭い雰囲気が漂い始めたのだ。第一首相側についていた兵士たちが、このまま黙っているはずもないだろうし、国内には未だにポル・ポト派の残党をはじめとする夥しい数のゲリラたちも存在する。彼らは皆、それぞれ引金に指をかけたまま、機会を窺っているのだ。そんな一触即発の状況がしばらく続いた後、ついにプノンペン市街での銃撃戦が始まったのだった。この事態はもうこのままでは収まらないだろう――おそらくは内戦と呼ぶべき状況に発展し、国内はまたもや戦火に包まれるに違いない。世界中がそう思って後ずさり、遠巻きにカンボジアの成り行きを眺めていた。

そんな状況下で、私は日本を発った。カンボジアのプノンペンを取材するのは、その時点ではまだ十日以上も先の予定だった。気を揉んでも仕方がないと私は自分に言い聞かせ、とにかく目の前のことだけを考えるつもりでいた。と言うか、エリトリアを皮切りに、実際に旅が始まってしまうと、私はもう目の前のことしか考えられなくなっていたのだが。私の代わりにプノンペン行きのことを心配してくれていたのは、ヨーロッパ取材班の若いディレクターT君だった。

「そういえばプノンペン行きのエアー、まだ欠航だそうです」

T君は、旅の途中で、時々思い出したように伝えてくれるのだった。その度に私は「そうか」と残念そうに言って、難しい顔をして見せていたのだが、心のどこかで安堵していたのも事実だ。

カンボジアは今回の旅で訪れる国々の中で、私にとって最も怖い国であった。「危険」というよりも「怖い」と言った方が、私のカンボジア観には近いと思う。訪れたこともないのにそんなことを言うのは、偏見かもしれない。けれど私はずっと以前から、カンボジアを「怖い」と感じ続けてきた。この国の中で繰り返されてきた虐殺の様子を、映画やテレビで見知っていたからだろうか。或いは国内に何百万個もの地雷が埋まっているという事実が、私を怖がらせるのか。自分でも分からないのだが、とにかく私はいつの頃からか、カンボジアと聞くと、まず「怖いな」と感じてしまうようになっていたのだ。ところが今回の旅が始まる前、取材先の候補地のひとつとしてカンボジアが挙げられているのを知った時だけは違った。

「やっぱり」

私はまずそう思った。その時点では、まだ候補地のひとつに過ぎなかったのに、自分は必ずカンボジアへ行くことになる、と確信した。それは、もうずっと前から決められていたことのように思えたのだ。もしかしたら私が「怖い」と感じていたのは、いつの日か自分はカンボジアを訪れることになると、予感していたからではあるまいか。否が応でも関係しなければならない――自分とカンボジアとの間に働こうとする見えない力を、「怖い」と感じ取っていたのではなかろうか。

むろん私はこの件に関しては、誰にも何も話さなかった。とてもまともに取り合ってはもらえないと、分かっていたからだ。しかし私が予感、と言うか確信した通り、カンボジアは取材先として決定した。出発の三日前に首都プノンペンで銃撃戦が起きて、一時は取材先の変更も検討されたものの、結局予定は変わらなかった。バンコクからの飛行機の便さえあれば、という条件つきで、私たちはカンボジア取材を敢行することとなった。

やがて、思ったよりもずっと短時間で、ジャンボジェットは下降し始めた。雲が切れ、地上の様子が見え始める。全面的に薄い黄土色の土地である。さらに下降すると、それらは水田と道と荒れ野であることが分かる。国土全体が泥に覆われている。今の時期、カンボジアは雨期であると聞いたから、どこもかしこも濡れに濡れて、泥のスープのような状態になっているのだろう。そしてその泥濘の中に、戦闘態勢の兵士や地雷がひそんでいるかもしれないのだ。

機はさらに下降を続けた。私の掌はじっとりと汗で濡れていた。

プノンペンで私が取材をする予定だったのは、M君という二十一歳の青年と彼の父親だった。資料によるとM君は来年自衛隊に入隊し、ＰＫＯに参加することを望む、愛国青年である。彼は父親の仕事の関係で、アフリカで生まれ、少年期から青年期にいたるほとんどの年月を、アフリカの紛争地域で育った。だから日本国籍を持っているけれども、彼の故郷はアフリカなのである。しかし出自がそういう複雑なことになると、自意識の目覚めとともに、

「自分は一体何者なのか？」

というアイデンティティの問題で苦しむことになりそうだ。彼が自衛隊に入り、日本を守るという仕事に命を懸けようとしているのは、裏返してみれば、

「自分は日本人だ」

という確固たるアイデンティティを手に入れたいからではないだろうか。そんなことを私は漠然と考えていた。

一方、彼の父M氏に関しては、事前にあまり詳しい情報が入ってなかった。ただプノンペン郊外で、ボランティアで地雷除去作業を行っている人物であるということと、どうやら第二首相側について資金提供などを受けていたため、第一首相側の兵士から狙われている可能性があるということくらいだ。

後に父M氏が語ってくれたところによると、彼はもともと〝機械屋〟つまりエンジニアだったという。そしてその腕を活かすべく選んだ職場は、国連だった。国連難民高等弁務官のもとで働くようになると、彼は進んで危険な場所へと赴いた。ジュネーヴでデスクワークに甘んじるよりも、自分の腕を本当に必要としている場所で生きたかったのだろう。結果、彼は長年にわたりアフリカの紛争地帯を転々として、その最中に息子のM君が生まれ育ったのである。しかしながら、やがて父M氏は国連を退職してしまう。戦火の最中で活動を続けてきた彼の意見は、常に現地の現実に則していた。一旦戦争が始まったら、もうきれいごとでは済まないのだ。ジュネーヴの会議室で話し合っても決して分からないこと、議題にさえ上らないような理不尽が、現地では起きているのだ――そういう立場から、彼は上層部に対して物を言い続けた。ジュネーヴの会議室の中で、彼の意見や要求がどんなふうに取り沙汰されたのかは、想像にかたくない。結局、業を煮やした父M氏は、「やってられねえや！」と啖呵を切り、椅子を蹴って国連を辞めてしまったのである。その足で彼はカンボジアに入り、〝機械屋〟の腕を活かして、地雷除去に取り組むようになったのだという。

いずれにしても一筋縄ではいきそうにない父子だと、私は思っていた。資料に写真はついていなかったので、一体どんな顔つきをしている男たちなのだろう、と様々な想像を膨らませていた。きりりとした細面の、目つきのきつい俊敏そうな男――そんな類型的な人物像を私は思い描いていたのだが、現実はまったく違っていた。

航空機に横づけされるタラップの脇まで出迎えにきてくれたM氏父子は、二人とも堅太りで丸い顔をしていた。そしてよく似た屈託のない笑顔を浮かべている。思っていたよりもずっと暢気な雰囲気だった。いつ何時バズーカ砲が撃ち込まれてもおかしくない、といった緊迫した状況を覚悟していた私は、彼らの笑顔を見て、いささか拍子抜けした。

航空機のぶ厚い扉が開くと、私は一番にタラップを降りていった。出迎えてくれたM氏父子と順に握手を交わす。二人とも皮の厚い、ごつい手をしていた。それは私の母方の祖父と同じ、懐かしい百姓の手だった。傍へ寄ると、彼らの身体からは土の匂いがした。

「じゃ、入国手続な」

父M氏は訛りのある言葉でそう言うと、先に立って歩き出した。私は息子のM君と並んで、その後に従う。イミグレーションの建物に向かって歩きながら、

「M君は何、ずっとこっちにいるの？　それとも今、学校の休みか何か？」

と、機内で抱いていた素朴な疑問を投げかけた。

「ええ、大学が夏休みなもんで。まあ里帰りみたいなもんですかね」

「親孝行ってわけだ」

「いやあ、そんなんじゃないですよ」

M君は照れて、顔を紅くした。彼の日本語には、独特の癖があった。父M氏の訛りとはまた違う、アフリカ訛りとでも言うのだろうか。その言葉は、おおらかで素朴な彼の内面を感じさせた。

ほどなく私たち一行はイミグレーションの建物に入った。

一歩足を踏み入れると同時に、私はぎょっとして立ち止まった。中はひどく雑然としていて、つい最近の戦闘の気配が残っていた。足元には、瓦礫を片づけた跡なのだろう、コンクリートの白い粒が一面に散っていて、一足ごとにじゃりじゃりと音を立てる。壁を見ると、そこらじゅうに機銃掃射の跡があり、搭乗口の方にあるガラスにも銃痕が幾つも入っていたりした。イミグレーションと言っても、出入国を管理するブースなどは破壊されてしまって、入ったところから出口までが丸見えである。そこに荷造り用のピンクのビニールテープを張り巡らして、急ごしらえの通路が作ってある。それは小学校の運動会の入退場門を想わせた。私たち二十八名の乗客たちは、綱引きの出番を待つ父兄みたいに、皆やや気負った面持ちで、ビニールテープの通路に並んだ。列の先には長机が一脚、無造作に置いてあって、若い入国審査官が何か思いつめたような顔つきをして座っている。脇あいから父Ｍ氏が、審査官に声をかけてくれたおかげか、或いはアジア班ディレクターＫ君の「日常カンボジア語会話」が功を奏したのか、私たちは何の問題もなく、スムースに入国することができた。

建物から表へ出ると、辺りは舗装されているのに、微かに泥土の匂いがした。おそらくこれがカンボジアという国の匂いだな、と私は思った。見上げると空は、なるほど雨期を想わせる曇天である。泥土の匂いは、その灰色の雲の中から漂い落ちてくるようにも思えた。

空港駐車場の木陰でぐったりしていた物売りの子供たちが、私たちの到着を嗅ぎつけ、一人また一人と立ち上がって、こちらへやってくる。昼寝の起き抜けだからか、どの子も何だか元気がない。彼らがたかってくる直前に、父Ｍ氏は四駆のミニバンを横づけして、早く乗り込むよう指示した。大慌てで荷物と機材をトランクに積むと、私は音声のＡＪ氏とＭ君と共に後部座席に乗った。前の助手席にはカメラマンのＲさんとディレクターＫ君が窮屈そうに乗り込んだ。後部座席は、多分作業に使うべく頻繁に着脱しているからだろう、しっかり固定されておらず、予想外の揺れ方をするのだった。

「これからまず縫製工場に向かいます」

助手席のK君が肩越しに振り向いて、そう説明した。そして運転席の父M氏に、ここから何分くらいですか、と尋ねる。

「五分だな」

「何があるんですか?」

私は父M氏に訊いたつもりだったが、K君が先に答えた。

「この間の戦闘の跡が一番はっきり残ってるのが、縫製工場なのだそうです。そういうことですよね?」

「うん、まあそうだな」

父M氏はやや語尾を濁らせて答えた。

「戦闘って言っても、小ぜりあいだったんだけどな」

「もう心配はないんですか?」

背後から尋ねると、父M氏はひと間おいてから、如何にも可笑しそうに笑い声を立てた。隣を見ると、息子のM君も苦笑いを浮かべている。

「一応飛行機も飛んだしな。心配って言えばいつだって心配だよ」

どうやら私の質問は、愚問だったらしい。代わってディレクターのK君が、この間の戦闘がどれくらいの規模だったのかを尋ねた。父M氏は、どれくらいと言われてもなあ、としばらく考え込み、

「ちょっとドンパチあって、金目のもんが略奪されたくらいで、本当に小ぜりあいとしか言いようがないよ」

「でもプノンペン市内から避難した人とかも多かったんでしょう?」

「避難?」

「ええ、だって新聞に写真が載ってましたよ」

「写真て?」

「あのう、リヤカーに家財道具を積んだ一家が、避難する途中の写真です」

K君がそう言い終わるのと同時に、父M氏とM君が声を揃えて笑った。

「そりゃあドンパチに乗じて、どこかで何かかっぱらってきた連中の写真だよ。あの程度の小ぜりあいで逃げ出す奴なんて、いやしないよ、なあ」

父M氏は後部座席のM君にも聞こえるように言ってから、まったくマスコミってやつは何でも大袈裟に報道しやがる、と苦々しげに呟いた。他でもないマスコミの一部である私たち一行の四人は、黙って恥じ入るしかなかった。確かに私は日本のマスコミ、中でも新聞の報道を鵜呑みにしていた。

この旅を始めるに際して、何の偏見も先入観も持つまいと自分に言い聞かせていたはずなのに、プノンペンの紛争に関しては、新聞の報道を疑いもせずに、先入観を抱いていたのだ。どんな事件でもそうだが、中でも戦争は、国内外の大きな権力の思惑が働いて、事実をねじ曲げかねない。本当のことは、現地に行って、自分の目で確かめなければ分からないのだ。と、私はあらためて肝に銘じた。

空港からプノンペン市内に向かう道は、多分この国一番の大通りなのだろう。道路の両端は崩れるに任せ、中央に近い一車線、或いは二車線分が大雑把に舗装されている。その舗装面を奪い合うようにして、夥しい数のバイクと車両が行き交う——バイクのほとんどは二人乗り、三人乗り、中には四人乗りでスロットルを全開にして走っている奴もいる。センターラインが引いてないため、誰もが平気で反対車線にはみ出し、真正面から猛スピードで突っ込んでくる。しかし父M氏はあえて避けようとはせず、ブレーキを使うどころかほぼ一杯にアクセルを踏み続けるのだ。真正面から来るバイクは衝突寸前で道を譲り、バックミラーが擦りそうなほどぎりぎりのところですれ違っていく。私たちが思わず声を上げると、運転席の父M氏は、

「避けると却って危ねえんだよ」

楽しそうにそう言って、アクセルをさらに踏み込むのだった。私は正面を見ていられなくて、側

面の窓から外を眺めていた。空港を出てからしばらくの間、道の両側にガソリンスタンドが何軒も点在している。しかしよく見ると、そのいずれにも肝心の給油機が失くて、休業中である。そのことをM君に尋ねると、彼が言葉を選んで答えるより先に、運転席の父M氏が、

「兵隊が持ってっちまうんだよ」

と大声で答えた。銃撃戦に紛れて、兵隊たちが給油機を略奪し、ほとぼりがさめた頃に持主のところへ返してやり、「取り返してやった」と言って金をせびるのだそうだ。

休業中のガソリンスタンドが見当たらなくなる辺りから、道の両側にはずらりと露天商が並ぶ。農作物や衣類などを扱う店に混ざって、目立つのは黄色い液体をペットボトルに入れて並べている店だ。最初は飲物かと思っていたのだが、M君に尋ねると、ガソリンを売っているのだという。少し混ぜ物をして、ガソリンスタンドよりも安い値段で商うので、結構いい商売になるらしい。しかしよくよく見ると、黄色いペットボトルの山の隣が煙草屋で、大勢の男たちがたむろして煙草を吸っていたりするのだ。危なくないのかと訊いてみたところ、

「ええ、よく爆発して何人か死んだりしますよ」

とM君は平然と答えた。私は引き攣った笑いを浮かべて、

「じゃあ町中で煙草は吸わない方がよさそうだね」

などとかろうじて冗談を返した。しかしM君はそれをまともに受け取ったらしく、急に真顔になってこう言った。

「いや、吸わない方がいいですけど、町中へ出る気なら、煙草は持って出て下さい。他の皆さんも、外出する時は必ず煙草か、五ドルくらいのお金を持って出かけて下さい。僕は去年、うっかり手ぶらで町中へ出て、ひどい目にあいました」

「あれはやばかったな」

運転席から父M氏が口を挟んだ。何があったの、と脇から尋ねると、M君は如何にも悔しそうな顔で「警官ですよ」と答えた。この国のたちの悪い警官は、観光客と見ると、袖の下欲しさに職務質問をしてくるのだそうだ。その際、煙草か小額紙幣を渡せば、すぐに放免されるのだが、袖の下が何もないとなると、いきなり連行されて留置場に放り込まれてしまう。

「僕の場合は、親父が拉致に気づいて手を回してくれたから助かりましたけど、留置場から牢屋、牢屋から牢屋へたらい回しにされて、そのまま行方不明になってしまう人も少なくないんです」

「怖いね」

「怖いですよ」

M君は真剣な目をしてそう言った。私は黙り込んだ。果して今、自分が「怖い」と感じたのは、何に対してだったろうか？　汚職警官の存在も、理不尽な職務質問も、牢屋から牢屋へのたらい回しも、確かに怖い。しかしそれ以上に怖いのは、生死の分かれ目となるのが煙草一箱、もしくは五ドル紙幣一枚にしかすぎないという現実だ。この国では、人の命がそんなにも安く、簡単に取り引きされてしまうことが、私を脅えさせたのだ。

やがて父M氏の運転するミニバンは、走り出してから初めて減速した。右手に三階建ての大きな建物が見えてくる。父M氏はウインカーも出さずに、タイミングを見計らって右へハンドルを切った。ほとんど切れ目なく流れているように見える反対車線を一気に横切って、三階建ての建物の敷地内へと入っていく。

「ほら、ロケット砲の跡」

父M氏が指さす先へ目をやると、なるほど建物の三階部分の外壁に、バレーボール大の歪な丸い穴が穿たれていた。その穴を中心として四方に深い亀裂が走っていて、所々コンクリートが剥がれ落ちている。私はその様子を窓越しに眺めながらドアを開け、足元も確かめずに表へ出た。

一歩めの右足を踏み出すやいなや、向こう脛に激痛が走り、私は前のめりにすっ転んだ。咄嗟に両手で受け身をとったおかげで、顔面は助かったが、右膝をしたたかに撲った。尻ポケットに入れておいた音声のターミナルが宙を舞い、一拍遅れて頭のすぐ脇へ降ってくる。瞬間、地雷のことが頭をよぎり、私はパニックに陥りそうになった。痛む膝と向こう脛を撫でさすりながら、右足がちゃんとついていることを確かめる。呻きながら顧みると、私が車から降りた足元には、ちょうど向こう脛くらいの高さのコンクリートの瓦礫が転がっていた。スタッフたちが顔色を変えて駈け寄ってくるのを手で制し、私は左脚一本に体重をかけて立ち上がった。身体の前面が、コンクリートの粉塵まみれだ。

「驚いたな……」

照れ隠しのつもりではなく、私は正直な感想を漏らした。こんなところで転ぶなんて、思ってもみなかった。見事と言えば見事、無様と言えば実に無様な転び方だった。一体何年ぶりのことだろう。私は服についた粉塵を払いながら、前に転んだ時のことを思い出そうとした。しかしすっかり忘れてしまっていて、子供時代のことしか浮かんでこない。いずれにしても今日この場所で、地雷を踏んだかのような勢いで転んだことを、自分は一生忘れないだろう。この先何年か、何十年か経った或る日、年を取った私がもんどりうって転んだ時、ああプノンペンの縫製工場で転んで以来のことだ、と思い出すのだ。

ＡＪ氏に新しい音声のターミナルを手渡され、胸元にマイクをつけなおすのを待つ間、私はそんなことを考えていた。視線を上げた拍子に、建物の外壁に炸裂したロケット砲の跡が目に飛び込んでくる。よく見るとその周辺には、機銃掃射の跡も残っている。親指大の穴が数えきれないほど穿たれていて、外壁をあばた顔に変えている。

「中も見るかい」

父M氏はそう言って、答えも待たずに踵を返すと、建物の中へ入っていく。私は右足を引きずりながら後に続いた。建物内は電気が遮断されているため、明かりが点かず、厭な薄暗さに支配されていた。窓からの外光だけが頼りなので、例えば階段の踊り場などは不気味なほど闇が濃い。一足ごとに埃とコンクリートの粉塵が舞い上がり、私は何度か咳き込んだ。時々足の裏でみしみし鳴るのは、砕けた窓ガラスの破片だろう。

つい数週間前まで人々が立ち働いていたはずの建物の内部は、もう十年も前から廃墟と化していたかのような趣だった。略奪の後には、見るべきものは何もない。一階の事務室は、調度も事務機もすべて持ち去られ、ただがらんとしていた。二階と三階の縫製工場は、機械部分を奪われたミシン台が何百と、体育館のような空間に何の意味もなく散らばっていた。

「何もねえだろ」

父M氏の言う通りだった。略奪の後には、本当に何もなかった。

螢が

昼食が終わると、私とM君は手製の物見台にのぼった。四階建てのビルの屋上、といった高さだろうか。てっぺんまでのぼると、好い風が吹いていた。三百六十度、見渡すかぎり泥の平野だ。霧雨が遠景を隠しているが、時折強い風が吹いて、霧のカーテンをしばらく開けてくれる。

「あそこです。山、見えるでしょう?」

M君はそう言って、遠くを指さした。目を凝らすと、本当に遥か彼方に、山らしき姿がぼんやり見える。山というか、丘と呼んだ方が相応しく思われる。

「あの山に登って、上から地雷を撒くんですよ」

「山の上から?」

「ええ。乾期にね。あの山まで行って、地雷をばら撒くんですよ。これが浮遊地雷という厄介な代物で……水に浮くんです。だから山に撒いておけば、雨期になると勝手に水に流されて、国中を移動するんです。で、春になって、草が生えれば、もうどこにあるか分からない」

「それは……厄介だな」

「厄介ですよ。いくら地雷除去やっても、次の雨期になったら、また分からなくなる――その繰り返しなんですからね。だからその水が入ってくるのを防ぐために、ああして高い堤を築いているわけです」

M君が見下ろす先には、六メートル近い堤を築いた内側に十数反の田んぼがある。

「動き回る地雷か……」

愚かだ。愚かすぎる。山で撒いた地雷を、巡り巡って自分が踏むことになるかもしれない、とは考えないのだろうか。M君の話では、今でこそ収まっているが、ついこの間までは、いろんな派の兵隊たちが入れ代わり立ち代わり山へ行っては、大量の浮遊地雷を撒いていたのだという。今なおカンボジア国内に潜んでいる地雷の総数は、数百万個とも数千万個とも言われている――ようするに分からないのだ。雨期になる度に移動を繰り返す地雷を数える方法など、あるはずもない。

「あそこは?」

私は堤を挟んで田んぼの反対側に位置する原っぱを指さした。敷地の中央あたりに、泥まみれのショベルカーらしき土木機械が停まっている。

「あそこは、まだ地雷除去が済んでない土地です。真ん中に停まっているのが、地雷除去用の特殊なショベルカーです。うちの親父が設計したものです」

「親父さん、エンジニアだったね」

「土木作業機械の設計家です」

「そうか。あの地雷除去用のショベルカーっていうのは、どういう仕組みなの?」

「あのアームの先端についてるのは、ただのショベルじゃなくて、地雷破砕装置を内蔵しているんです。細かいことは分からないけど、とにかくこう、土を一掬いするでしょう——そうするとショベルの中が高速で回転するミキサーみたいになっていて、地雷を巻き込んだとしても爆発するよりも早く粉砕してしまう。土も耕せるから、一石二鳥だって言って、親父は自慢してます」

「なるほど」

見下ろすと、車一台がやっと通れるほどの幅の堤の上を、東の方から軍用ジープと泥まみれのメルセデスが走ってくる。縦目の古いメルセデスだ。二台の車は危なっかしくうねうね蛇行しながら走ってきて、この地雷除去プロジェクトの施設の正面ゲートで停まった。機関銃を携えた二名の兵士が、敬礼をして、車を通した。

「お偉いさんのご到着だ」

M君はそう言って、物見台から下りていった。私も訳がわからないまま、後に続いた。

メルセデスからはでっぷり太った、五十がらみの偉そうな軍人が降りてきた。軍服の胸から腹のあたりまで、無数の勲章をつけている。一目見て、私は嫌悪感を覚えた。こういう奴が、何の考えもなしに地雷を撒いておけと命令したのに違いないのだ。M君が言うには、その男はフン・セン第二首相側の有力者で、今回は表敬訪問に訪れたのだという。

「スポンサーだからよォ、無下にも断れねえんだわ」

寄ってきた父M氏が大声で言う。私は不本意ながらも勲章男と握手を交わし、テレビ・クルーたちも集まってきて、記念写真を何枚か撮った。勲章男は嚙み煙草を嚙んでいて、口の中が真黒で、猛烈な口臭だった。

写真を撮り終えると、彼らはすぐに車に乗り込んで、猛スピードで去っていった。あまりの慌ただしさに、まるで白昼夢を見たかのような思いだった。

「ゲートに二人歩哨が立ってますけど、狙われることってあるんですか?」

私は父M氏に尋ねた。

「んー、まあないこともないんだ。こないだ小ぜりあいがあったばっかりだしなあ」

「それは、第一首相側の兵士が襲ってくるんですか?」

「そうだよ。まだ残党がけっこういるんだな」

父M氏は何でもないことのようにそう言って、現地語で大声を上げた。「昼食終わり」か「作業開始」と言ったのだろう。その声に応じて、休憩していた現地人の人足たちが、どっこらしょっと動き始める。そのほとんどは田んぼの方へ向かう——田植えなのだ。

私はM君と肩を並べて歩き出し、父M氏の後に従った。彼は泥道を大股で歩き、堤の上から田んぼとは反対側の原っぱに下りた。そして自分が設計した地雷除去ショベルカーの方へ歩いていって、振り返るとこう言った。

「動かしてみっか?」

それは、私の後ろから歩いてくる撮影クルーに向かっての問いかけだった。

「お願いします!」

ディレクターのK君が大声で応える。カメラはもう大分前から回しているらしい。父M氏はそれに応えて地雷除去ショベルカーに乗り込んだ。小太りだが、実に身軽だ。

ひと間あって、エンジンが唸りを上げる。この轟音は、大型トラックなどと変わりない。ただ違うのは、アームの先についたショベルの中からも、高速で何かが回転する音が響いてくる点だ。父M氏はまだ除去の済んでいない草原に向けて、ショベルカーを走らせた。運転台の彼は、どこか得意そうな、嬉しげな顔をしている。

「好きなんですよ、あの人」

M君がそう言って、苦笑いを浮かべる。機械のこととなると、設計も組み立ても操縦も大好きで、人にやらせないのだそうだ。

おそらく機械だけではあるまい。父M氏という人は、何でも人まかせにはできない性分なのだ。だからこそ今ここで、こんなことをやっているのだ。こんな果てしもないことを。

ショベルカーはアームを伸ばし、遠くの草むらに切っ先を突き立て、豪快に土を掻く。土はショベルの中で粉々に砕かれ、元の場所に撒き散らされる。その繰り返しだ。どうやらアームの届く範囲を半円状に耕しているらしい。そうやって同位置で掻けるだけ掻くと、ショベルカーを前進させて、また新しい場所を耕すのだ。

撮影クルーは近くまで寄っていったが、私とM君は少し離れた場所から父M氏の勇姿を眺めていた。

「今は、あれ一台?」

「プノンペン郊外で三台、稼働しています」

「たった三台……」

「あれ、一台二千万くらいかかるんですよ。日本の企業とか国連とか、あちこちはたらきかけたんだけど、親父、あの調子でしょう？　出資者がなかなか見つからなくて、大変だったみたいですよ」

「結局、どこが出したの？」

「フン・セン第二首相ですよ。親父が直談判にいって、直接交渉したんです」

私は先程会った勲章男の偉そうな姿を思い出し、嫌な気分を味わった。あんな奴に頭を下げなければならないのは、父M氏にとって屈辱だったろう――いや、そう思うのは平和ボケした私だけで、案外平ちゃらだったかもしれない。

やがてショベルカーの轟音が止まり、父M氏がたった今耕したばかりの土を堂々と踏みしめて、こちらに歩いてくる。鼻息が荒く、やや興奮している様子だ。

「田植え、やってみっか？」

傍らを通り過ぎながら、父M氏が言う。私とM君はその後に従った。

堤を上ってその上から見渡すと、鈍色の空の下に十数反の田んぼが広がっていた。畦で区切られた水面が、曇天を映している。

「ここ、この田んぼでやってみ」

父M氏は手近の田んぼの畔に立つと、何でもないことのようにそう言った。

「いや……やってみと言われても……」

「靴脱いで、靴下脱いで、ズボンも脱いで、裸足で田んぼの中さ入ってみれ」

私は言われるままにTシャツにパンツ一丁の姿で、おそるおそる田んぼに入ってみた。

ぬぷッ……。

足の裏で、泥がくねって変な音を立てた。泥の中に何か生き物がいて、そいつがくねったようにも感じられた。その感覚をくすぐったく感じながら数歩、泥の中を行く。と、不意に湧き上がってくるのが、

「地雷は?」

本当に大丈夫なんだろうな、という思いである。しかしその思いはすぐに、父M氏の言葉によって粉砕された。

「苗! 苗だ苗だ! 苗持ってかねえで、何を植える気だあ?」

「あ、そうか」

私は何も考えずに十数歩戻り、父M氏から稲の苗を十株くらい手渡された。それは濡れて、すでに泥だらけだった。

「そのまままっすぐ!」

振り返ると、田んぼの中に短パン姿のM君が突っ立っている。

「こっちです。こっち」

手招きされるままに、泥の中をぬぷぬぷ進む。と、そこまで田植えが済んでいる区画の端っこに私はいた。

「苗はですね……こう持って、こう、ですね」

「こう持って……こう？」

「いや、こうです」

「こう？　あれ、だめだなあ……」

何度やっても、私の植えた苗は、泥の中にとどまらず、ぷかぷか浮いてきてしまう。

十数株のうち、ちゃんと根付いたのは、わずか三株にすぎなかった。何しろ土がゆるいのだ。土というか、水分の多い泥である。そこへ「糠に釘」どころではないゆるゆるの土壌に、苗を突き刺す——刺さるわけがない。苗は一瞬、気をつけをしているように見えて、次第に足元を失って、ゆっくりと倒れていくのだ。十秒くらいの時間をかけて、苗はゆっくりと倒れ、水面にぷかぷか浮いてくる。隣りで見ているM君が、そのたびに苗を植えなおす。彼がやると、不思議とこれがちゃんと自立するのである。

「まいりました」

私は両手を上げて、父Ｍ氏のもとへ歩いていった。

「農業の才能、ゼロだべ？」

父Ｍ氏は豪快に笑った。私もＭ君もつられて笑いながら、田んぼから上がった。汗びっしょりだった。

靴を持って、足を洗える水場まで移動する途中で、父Ｍ氏はこんなことを尋ねてきた。

「あんたよ、有史はじまって以来、日本人は何回米を作ってきたと思う？」

「え？　有史以来……」

「たったの二千回だよ！」

「え？」

「一年に一回しか収穫できねえんだから、二千年で、二千回だ。人が一生懸命生きても、百回は収穫できねえ。それくらい貴重なもんなんだよ、米はよ」

私は意表を突かれて、言葉を失った。なるほど、確かにその通りだ――私はあまりにも単純で根本的なことを忘れていた。近すぎて無視あるいは見過ごしてしまう――私の悪い癖だ。

簡易な井戸を掘った水場で足を洗いながら、私は大いに反省した。

それにしてもまあ何という父子だろう。息子は来春自衛隊に入隊予定で、ＰＫＯに参加して、紛争地に派遣されることを希望している。一方父親は、もと国連の職員で、紛争地を回らされた――現場主義なのである。ちなみにＭ君は、紛争まっただ中のソマリアで生まれたという。父Ｍ氏は「こっちは食料が必要なのに、医療品や毛布を送ってくるんだから、話になんねえよ」と啖呵を切って、国連を辞めたらしい。その後は、自腹を切ってまで、この地雷除去の作業に情熱を燃やしている。

私は正直、どちらの考えも理解できなかった。もし自分が相手だったら……と想像してみても、具体的なイメージは湧いてこないのだ。

日が落ちる前に私たちは支度を整えて、車に乗り込んだ。父Ｍ氏の運転する４ＷＤにＭ君と私。撮影スタッフたちは、マイクロバスである。

助手席に乗り込んできたＭ君が、自動小銃を手にしているのを見て、後部座席の私はぎょっとした。もちろん安全装置はかけてあるのだろうが、それは武器独特の危ない気配を放っていた。怖かったので、私はおどけて言った。

「物騒だなあ。そんなもの、使うことあるの？」

「いや、時間帯がね……」

M君は真面目な顔で答えて、父M氏と視線を合わせた。

「暗くなる直前ていうのは、危ないんです」

「堤のかげから、ズドンってか」

父M氏は威勢よく笑った。そしてルームミラーで後ろのマイクロバスを見ながら、

「あいつら大丈夫かな……よし、行くぞ」

4WDを発進させた。

堤の上を走る道は、道とは呼べない代物だった。平らな部分はほとんどなく、どこもかしこもデコボコである。あちこちにそれこそ地雷が爆発した跡のような大穴が開いていて、そこに泥が溜まっている。まるで罠だ。

父M氏はその罠の位置を熟知しているらしく、右に左にハンドルをさばいて、道なき道を行く。

車内はドラム式洗濯機の中みたいな状態だ。道理で運転前に父M氏もM君もシートベルトをしていたわけだ……私もあわててシートベルトをかちゃりと嵌めた。それでも三回、サイドウインドに側頭部をいやというほどぶつけた。

道が、あざ笑っているような気がした。

そんな道を五百メートルも進んだところで、父M氏は4WDを停めた。そこは少しだけ高い道なのだろう。路面がしっかりしている。右手に大木が三本かたまって生えている。

その木の根本には、人が暮らしているらしい。4WDが停まったのを見て、はじめに集まってきたのは、子供たち六、七人だった。彼らはほとんど裸だった。Tシャツだけ着てる子、パンツだけはいている子、何も着てない子。もちろん全員、裸足だ。中に一人、手製の松葉杖らしき木の枝をついた片足の少年がいた。彼の右足は、膝から下がなかった。

「あああ、やっぱり引っかかりやがった！」

父M氏は振り返り、五十メートルほど後方でマイクロバスが立ち往生しているのを確かめると、

「おれ、行ってくっから。おめえ、手サ足りなかったら呼ぶからよ」

と言い置いて、車から出ていった。

遠ざかっていくその後姿を見て、何人かの子供が、くすくす笑っている。片足の少年も笑っている。

「あれは……彼らはあそこで暮らしてるの？」

私は尋ねた。M君は自動小銃を手にしたまま、身体をひねって駆けてゆく父親の後姿を見つめていたのだが、前に向いて座り直してから答えた。

「そうですよ。木の下で暮らしてるんです。木の幹にこう、木の葉のついた枝を立てかけてるでしょう？　あれ屋根で、あれ家なんです」

「家？　あの三角形のスペースが？」

「並んで体育座りで座って生活してるんです」

「あの葉っぱの屋根の中で……」

「大雨が降って、水がくると、みんな木の上にのぼって逃げるんですよ。彼らにとって『家』っていうのは、どうせ流されてなくなってしまうものなんですよ」

「木にのぼってって……あの木の幹より上まで水がくるの？」

「来ますね。でも、木にのぼって逃げるのは人間だけじゃないんですよね。コブラとかムカデとか、そういうのに咬まれて木の上で死ぬ人も多いんですよね」

何という壮絶な死に様だろう。逃げ場を失って木にのぼってくるコブラやムカデは一匹や二匹でないことは、たやすく想像できる。

「煙草吸ってもいい？」

渇いた声で私は尋ねた。

「いや、まあいいですけど……ぼくなら、屈んで吸うけどな」

「いいんだ。吸いたくなくなったから」

私は首をすくめ、身を低くして答えた。

夜は、刻々と近づいていた。秒刻みで、風景は闇に沈んでいく。

「遅いな……すんません、おれも行ってきますから、ここ頼みます」

やがてしびれを切らせたM君がそう言って、車から出ていった。助手席を見ると、自動小銃が置いてある。銃口を上に向けて、シートに立てかけてある。私は身を乗り出して、自動小銃の部分部分を間近に観察した。銃口、銃身、引き金、銃底。多分、カラシニコフだろう。銃身に刻んである文字が何となくロシア語っぽい。

アメリカの自動小銃は何て言うんだっけ？　ＭＫなんとかだっけ？

後部座席の私は身を低くして、そんなことを考えていた。

やがて前方の木の根本で、焚き火が始まった。子供たちはもとより、体育座りの家の中からも大人たちが続々と現れる。晩飯だろうか？　何かを調理するのかもしれない。それをしばらく眺めてから、ふと背景に目をやると、辺りはすっかり暗くなっていた。

サイドウインドの闇の彼方に目を凝らした私は、思わず、

「ああ！」

と叫んでしまった。

闇の中に、数千いや数万の螢がいて、そこらじゅうで明滅していた。すごい数の螢だ。目にするのと同時に、私はぞっとした。美しいとは思わなかった。むしろ怖かった。虫でも何でも、小さい生き物が夥しく群れている様子は、気持悪くて、怖い。

そこへ背後から二人ぶんの足音が近づいてきた。運転席と助手席のドアがほとんど同時に開けられ、父M氏とM君が乗り込んでくる。二人は物も言わずにシートベルトをして、エンジンをかけた。

「どうかしましたか?」

助手席のM君が、青ざめて黙っている私を気遣って、尋ねてきた。私は、たった今見た螢の群れについて、話そうと思ったが、それは無理だった。

「螢が……」

私は大分黙っておいてから、呟くようにそう言った。しかしその声は発進した4WDのエンジン音にかき消されてしまった。

メラーキャンプ

メラーキャンプへ行く前の日、私はメソットという町の二階建てのホテルにいた。夜半、ものすごい雨が降ってきた。弾丸のような雨だった。

私は部屋のエアコンが壊れているから、何とかしてくれと、ホテルのフロント係にかけあっている最中だった。

「マイルーム、エアーコンディショナー、ダウン……」

「イエス、イエス、ダウン！」

「アイ、ウオント、エアーコンディショナー」

「オオ、ミートゥー」

お互い怪しい英語なので、どうも意思の疎通が上手くいかない。何だかんだと押し問答をしているところへ、いきなり雨音が変わったのだ。

私はエリトリアを去り際に遭遇した、あの豪雨を思い出した。いや、あれ以上の激しさかもしれない。

「ゴー、バック、ユアルーム」

フロント係は真剣な目つきで言った。そしてすぐに奥へひっこんでしまった。従業員たちに知らせにいったらしい。水が来るのだろうか？　カンボジアで聞いた、一晩で六メートルも嵩を増す水が？

私は二階の部屋に戻り、少しでも風通しをよくするために、ドアを半分くらい開けておいた。雨はますます激しさを増していて、窓を開けることはできない。エアコンは相変わらず熱風を吹き出すばかりで、まったく役に立たない。私は三十分おきにバスルームへ行って、シャワーを浴びた。そして雨臭いバスタオルで身体を拭いた。

明け方、ようやく雨音が鳴りをひそめてきた。そして私は浅い眠りについた。

翌朝、一階のレストランで顔を合わせたスタッフたちは、皆一様に眠られぬ夜を過ごしたらしく、似たような顔つきで朝食の席についた。

「いやあ、やばかったね、昨日の夜」

最初に口を開いたのは、現地コーディネーターのR氏だった。

「やばいって、洪水ですか？」

ディレクターのK君がすぐに反応する。

「うん……あれ、あと一時間くらい降ったら、ここ、膝くらいまで水来てるよ」

「まじですか」

「まじまじ。見てごらんよ」

R氏はレストランの壁紙を指さした。きれいに掃除してあるが、よく見ると確かに、膝のあたりの高さに水の来た跡——薄汚れた横長の線が見て取れた。

十五人も入れば一杯の、小さなレストランだった。給仕は昨夜のフロント係だった——ひょっとしたら、厨房のコックも皿洗いも彼が一人でやっているのかもしれない。

私たちはアメリカン・ブレックファストを注文したが、R氏の助言で生野菜は控えることにした。

「やっぱあれですか、腹下しますか?」

率直に尋ねると、R氏はうーんと困ったような顔をして、小さい声で言った。

「寄生虫とか伝染病とかね、怖いからこの辺は」

私たちは一同しんとして、ごくりと唾を飲み込んだ。「寄生虫とか伝染病」などという都会にいれば非現実的な言葉が、今、目の前で口にされている。その奇妙な感じ。いずれにしても私たちは、誰も生野菜は食べなかった。

食後、私たちは不味いコーヒーを飲みながら、メラーキャンプとカレン族についての少ない情報を交換しあった。といっても事情通のR氏の話を聞いて、私らが質問するという形ではあったが。

「メラーキャンプまではここからどれくらい？」

「そうねえ、一時間半、雨だから三時間かも」

「そんなに違うんですか」

「君、昨日の雨、体験したでしょう？　あんなのが降ってきたら、進めると思う？」

「ですよねえ……向こう、大丈夫ですかね？」

「さあ……洪水で二、三軒家が流されるくらいのことはあったろうけど……まあ、毎年のことだからなあ」

メラーキャンプというのは、ビルマの少数民族カレン族の難民キャンプである。その数、約二十万人——うち一万五千人がタイ北端の国境沿いにあるメラーキャンプに暮らしているという。

「カレン族は独立を求めてミャンマーがビルマだった頃から戦い始めたんだよね。一九五十何年だったかな、もう戦い始めてから四十年以上だ」

「四十年！」

私は三十年戦い続けて独立を勝ち得たエリトリアのことを思い出した。あれ以上に長い戦いを続けている民族がいたのか、というのは驚きだった。

「ところがこのメラーキャンプ――他のキャンプもそうだけど、国連の難民指定は受けてないのよ」

「ええ？　どうして？　だって難民じゃないですか」

「厳密に言うと、違うんだってさ」

「何が、どう違うんです？」

「ミャンマーに追われて逃げてきたカレン族は、タイ側に受け入れるわけにもいかなくて、このキャンプで保護対象という扱いになっているわけだ」

「出られないんですか？」

「出られない。ここに監禁状態だね。タイもミャンマーも、カレン族が滅ぶのを待っているんだ」

「そこまでして根絶やしにしなくちゃならない理由っていうのは？　何か利権が絡んでるんですか？」

「うん、まあ表向きは、ほら、カレン族って山間民族じゃない――だから森の中のローズウッドとか、そういう高級木材の利権がからんでるとか言ってるけど……どうかな」

R氏はそこで言葉を切って、苦笑いを浮かべながら話を続けた。

「ゴールデン・トライアングル──黄金の三角地帯、って知ってるかい?」

「あ、あの麻薬の……」

「そうそう、それがちょうどカレン族の暮らしてるあたりなんだよね。これ、絶対関係ある、とおれは読んでるんだけどね。とにかくまあそういう密輸品の利権が欲しいんだよ、タイもミャンマーも」

「ようするにタイもミャンマーも知られたくないんだ、カレン族のことは」

「そういうこと。だから今回のロケも許可取るの結構大変でね。結局、お目付け役を一人同行させるっていう条件で、OKもらったんだ」

「じゃあ、キャンプ内は一々そいつの顔色をうかがいながら撮るわけですか?」

「いや、どうかな。来てみないと、分からないな……話の分かる奴か、分からない奴か。でもまあ、二万バーツくらい包めば、お目こぼししてくれると思うよ」

「それ、最初に渡した方がいいですかね?」

「いや、タイミングっていうのがあるから。おれ、預かっとくわ」

そうやって談笑しているところへ現れたのが、タイ政府から派遣されたお目付け役だった。が、それは意外なことに、中年の太ったおばさんだった。政府職員の制服を着ているのだが、シャツの前ボタンが悲鳴を上げている。おばさんは陽気で、よく喋った。R氏の話では、メラーキャンプに視察に行くのは彼女にとってもこれが初めてらしい。傍目にも興奮していて、物見遊山の気分が強いようだ。これは与し易そうだ、と誰もが思った。

「じゃあ、行こうか」

R氏がそう言って、私たちは出発した。

午前九時のことだ。

空は深い曇天で、時々大粒の雨が通り過ぎる、荒れた模様だった。

どろんこ道を三十分ほど走ったところで、ひらけた田園風景の中に出た。雨の中、畑を耕している者がある。その者は大きな象に鋤を引かせている。冗談ではなく、本物の象である。サーカスみたいな農業ではないか。聞けば、カレン族は象使いが得意で、野生の象をしつけてはタイの農家に売ったりしているのだという。

「じゃあ、メラーキャンプっていうのは、野生の象がいる所なんですね？」

「いるいる。ワニもいる」

「まじですか」

「まじでいるから。あと気をつけなきゃいけないのは、寄生虫。象皮病とか」

「象皮病！」

「知ってるの？　すごいよね。象使いたちの村で、象皮病が流行ったりするんだから」

私はつい数カ月前、目黒にある「寄生虫館」を取材で訪れたばかりだった。寄生虫にやられた患部はいずれもむごいものなのだが、中でも一際「これはひどい……」と言葉を失ったのは、象皮病だった。あの病気を怖いと思わない人は、まずいないだろう。

私たちの車は、型こそ古いがトヨタのランド・クルーザー八人乗りだった。この車なら、相当な悪路でも行ける。その能力の高さを知っているのは、数年前、オーストラリアのパース郊外で、「サファリ・トレック」という一日のワイルド・ドライブを嫌というほど味わった経験があったからだ。

やがて車は密林の中を通って、山道に入った。けっこうな急勾配で、どろどろの悪路が続く。雨は激しくなっていた。霧が立ち込めてきて、遠くの風景を消している。

二十分ほど登ったところで、立ち往生している二台の怪しげなトラックを追い越した。二台のトラックは、顔をつき合わせるような格好で停まっていた。大雨の中である。二人の男がずぶ濡れになって立ち話をしている。一台めのトラックの荷は何だったろう？　スイカ、かぼちゃ？　何かそういった球形のものを山積みにして、上から幌をかけてある。もう一台の荷はコンテナで、中は見えない。霧が晴れるのを待っているのか？　あんなに足場の悪い山道の道端で？

「今の……」

と言おうとした矢先にブレーキがかかった。急に霧が晴れて、見通しがよくなったのだ。その視界の中に、傍らの土手が崩れて半分埋まってしまった道が映っていた。

車は徐行して、土砂の際をそろそろと抜けた。運転しているR氏は言った。

「今の、霧が晴れてなけりゃ、突っ込んでたな」

アクセルをふかして、少し進むとまた霧だ。どうやら雨が止むと霧がわいてきて、しばらく雨が降ると霧は止むようになっているらしい。

やがて霧のまにまに即席で造った木製のゲートが見えてきた。道端に掘建て小屋が建っていて、中からタイ軍の兵士が現れた。手には自動小銃を携えている。助手席の窓を開けて、政府関係者のおばさんとずぶ濡れの兵士が短い会話を交わす。既に話は通っているらしく、兵士はすぐにゲートを開けてくれた。アクセルを踏みながら、R氏は言う。

「幽霊かと思ったぜ……」

確かに、霧の中から現れて霧の中に消えていった兵士の姿は、この世のものとは思えないほどおぼろだった。

ゲートから四、五分走ったあたりで、左手の密林の中にぽつり、ぽつりと粗末な小屋が見え始める。それは、ヤシの葉で葺いた屋根と木材で造られた家で、子供の頃『十五少年漂流記』の挿絵で見たようなものだった。

R氏は呟いて、車を左に寄せた。

「さあて、着いたぞ」

下へ下りていく支道を塞ぐようなかたちで、今度は本格的な通行止めのゲートが築かれている。自動小銃を手にした二人のタイ軍兵士が脇を固めている。

風が吹いて、霧が晴れた。

兵士が二人とも近づいてくるのを見て、カメラマンは慌ててカメラを座席に置き、上からバスタオルをかぶせて隠した。一応、撮影禁止区域なのだ。

しかしありがたいことに政府関係者のおばさんが、相手の兵士が若いのを見て、お役所風を吹かせてくれたおかげで、すんなりと通れた。兵士たちはいずれも屈強で、迷彩の軍服を着ていた。

政府関係者のおばさんはここぞとばかりに自慢し始めた。タイ語だから何を言っているのかは、分からない——だけど大筋のところは分かる。

「どうです！　私にまかせておけば大丈夫なんだから！　私、偉いのよ！　誰にも何にも文句なんか言わせないんだから！　舐めんじゃないわよ！」

彼女がご機嫌なのを見て、ディレクターのK君が、

「カメラ、オーケー？」

と尋ねると、彼女は、

「オーケー、オーケー、オーケー」

とオーケーを連発してくれた。

「オーケー？　サンキュー」

苦笑いで礼を言いながら、カメラマンがカメラを構える。これでひとつ不安材料が失くなったわけで、つかの間、車内の空気が和んだ。

車はかなり急な下り坂を下っていく。道と言っても泥道で、まともな道ではない。

その道がようやく平らになった辺りで、私たちの車は黄色い傘を追い越した。傘の陰に隠れていた少女の姿を見て、私はあッと声を上げそうになった。オカッパ頭の女の子には、ひどい障害があった。健康なのは左腕だけで、右腕は肩までしかないし、右脚も太腿までしかない。左脚は膝まであって、そこにいきなり足首と足がくっついている。だから彼女は傘の柄を首と肩の間にはさんで、左腕と左脚を使っていざって歩く。一瞬だったが、私の目ははっきりと見た。

同じ民族を一箇所に集めて滅ぶのを待つ、ということはこの少女のような悲劇を生むことでもある。それとも戦闘の際に枯葉剤とか、化学兵器が使われたのだろうか？　それもありうることだ。

ようやく車の走りが安定してきたかと思うと、目の前に大きめのバラックが見えてきた。左手は密林の陰に隠れているが、住居や人の気配がある。

私たち一行は、ここメラーキャンプの野戦病院に「国境なき医師団」から派遣された看護師Y子さんを訪ねてきたのだった。何故、今、ここで働いているのか――その真意を聞いてみたかった。

R氏と政府関係者のおばさんは残るというので、私とディレクターのK君、カメラマンRさん、音響のAJさんの四名が車を降りた。

「マラリアの蚊は六時になると飛ぶからよ、四時には絶対戻ってこいよ」

R氏はそう言って私たちを送り出した。

雨はほとんど止んでいた。時折、強い横風が吹き抜ける。ここは風の谷にある村なのだ。と、訪ねようとしたバラックから、雨ガッパを着た女性が一人出て来た。Y子さんだった。

「まあ、まあようこそ。こんな時に、まあ」

「こんにちは。何だか大変なところにお邪魔しちゃったみたいで……」

私は手を差し伸べて、彼女の小さな手を握った。三十代後半の小柄な、ボーイッシュな感じの女性だった。

「四時まで時間があります。いつもと同じようにお仕事なさってください。後をついて回りますから。もちろんお仕事のお邪魔はしません」

ディレクターのK君が横から事情を説明する。Y子さんは気楽に、いいですよ、と答えて歩き出した。左手の密林に隠れた方へと向かう。足元は泥か水たまりだ。

「集落を抜けた先に診療所があります。まずそこへ向かいますね」

「さっき聞いたんだけど、マラリアの蚊は六時になると出てくるっていうのは、本当？」

「本当ですよ。一時間くらいですけど、その間は誰も外に出ません。蚊帳の中でじっとしてます」

「マラリアは、けっこう頻繁に？」

「ええ。今も診療所に一人います。薬が足りなくて……どうしてやりようもないんです」

密林の中を通る道の両脇に一軒、また一軒と民家が見えてくる。いずれもヤシの葉で屋根を葺いて、たよりない木材で建てた粗末な小屋である。そしてどの小屋も五十センチから一メートルほどのゲタを履いている。つまり高床式住居だ。水がくるからだろう。通りすがりに覗きこむと、中には四、五人の住人がいた。薄暗い中に浅黒い肌が溶け込んで、白目だけがギラギラと光っていた。見ると、床に散乱している日用雑貨品のすべてに紐が巻いてあり、天井からぶら下げてある。鍋、プラスチックのカップ、歯ブラシ、箒、洗面器……ありとあらゆるものに紐がつけられ、床に放ってあったり宙空にぶら下がっていたりする。おそらく水で流されないようにとの実用的な用心なのだろうが、実にシュールな眺めだった。いつだったか観た寺山修司の映画『さらば箱舟』の中で、物の名前を忘れていってしまう主人公の山崎努が柱には〈柱〉、女房には〈女房〉、自分には〈俺〉と名札を貼っていた場面を思い出した。

私たちの訪問を知って、物見高い子供たちが集まってきた。彼らは空気の抜けたボールを投げたり蹴ったりしながら、私たちにくっついてきた。中にはさっきの少女と似たような障害の子が一人、両脚のない子が一人混ざっていた。

「昨日の夜は、大丈夫だったんですか?」

「大丈夫っていうか……家は何軒か流されましたけど。今は小康状態で、今夜が怖いですね」

私は曇天を仰いだ。

と、その時、真正面から小さな獣のようなものが猛スピードで走って来て、鋭角的に方向を変えながら私のそばを駆け抜けていった。私は、「ひっ」と息を呑んで身を硬くしただけだった。何だ? 今のは?

十メートルほど先で立ち止まり、こちらを向いている姿をあらためて確かめる――それはニワトりだった。軍鶏みたいに独特の体型をしている。ニワトリと言うより、ティラノサウルスみたいな恐竜に近い。羽はほとんどないが、その太腿の発達具合は異常だった。だから猛スピードで走れるのだ。そんな奴が、村の中を勝手気ままに走り回っているのだ。正面から向かってくると、襲いかかってくるようにしか見えない。だから一々身構えて、やり過ごさなければならなかった。

「こちらです」

前を歩いていたY子さんがそう言って、突き当りに建つ大きめのテントの下に入っていった。何とか雨はしのげるといった程度の造りだ。熟れたバナナの匂いと、消毒用アルコールの匂いがする。案内された病室は、病室とは名ばかりの、ただの板の間だった。そこに四人の患者が横たわっている。ダウン症の子供、マラリアにやられた子供、髄膜炎の赤ん坊、尿毒症の女。四人とも、まばたきの少ない、ぎらぎらと光る必死の目をしている。Y子さんはカレン族の若い娘を連れて、一人一人診察して回る。その際、できるだけ娘にやらせるのが、Y子さんのやり方である。

聞けば、彼女の真の目的は、カレン族の病気の治療にあるのではなく、教育にこそ主眼があるのだという。つまり地元のカレン族の中から優秀な娘を選んで、医療・看護の知識と技術を教育するのが、彼女の目的なのだ。言われてみれば、それはそうである。いくら彼女が覚悟を決めてメラーキャンプに来たからといっても、二年も三年もここに留まれというのはあまりにも酷である。だから彼女は懸命に後継者を育てようとしているのだ。

「ちょっと煙草を……」

そう断って、私は一旦病室を出た——出たと言っても、布やベニヤ板で仕切られているところから外へ出ただけだが。そこは病院で言えば廊下みたいな場所だった。私は雨具のポケットからジップロックに入れておいた喫煙具一式を取り出した。ありがたいことにバンコクで買ったマルボロは、濡れていなかった。ライターも一発で点火して、私は何か勝ち誇るような気持でその一本を吸った。うまい煙草だった。

しかしその直後、私は見なければよかったものを見てしまった。

施設内を一応見ておくか、と思って、私はテント地に覆われた下にある病室やオフィスを覗いて回った。その、最初にふと覗いてしまった病室がいけなかった。そこには、痩せたカレン族の青年が一人、診察台の上に仰向けになっている。コカの葉だろうか、彼はくちゃくちゃ何かを噛んでいる。上半身は裸で、右胸の乳首のあたりを包帯で覆っている。それをほどいていくと、彼の右乳首のすぐ脇には、三センチほどの傷口が見える。その傷口には、ピストルの弾みたいな脱脂綿の塊をねじ込み、傷口がふさがらないような処置が施されている。というのも彼の胸から脇の下にかけては巨大な出来物ができてしまい、中の膿が出切るまでには、何週間もかかるのだ。その手当というのは、まったく野蛮きわまりない。実を言うと、私はまだ二十代の頃、脇の下の汗腺が詰まって炎症を起こし、胸のあたりまで腫れ上がったのだ。おそるおそる皮膚科に行くと、こりゃあひどいということになって、即、切開手術（麻酔ナシ）。看護師三人がかりで傷口のそばをぐいぐい押して膿を出す。こっちはもう七転八倒である。膿を出し終えると、膿疱の中に包帯だか脱脂綿を突っ込み、ピストルの弾みたいな脱脂綿の栓をねじり込まれるのだ。

今、目の前に横たわっている青年は、それとまったく同じ病気で、同じ治療を受けていた。

見習い看護師らしき女性は、ピンセットを手に寝台に近づくと、まず傷口に栓をしてある脱脂綿の塊をぎゅうーとひねりながら抜いた。たちまち血膿がどっと溢れてくる。見習い看護師は、その血膿をできるだけ出してしまおうと、躍起になって青年の胸の膿疱を押したり、つねったりしている。それからまたピンセットを手に、傷口の中に差し入れて、血膿を吸った包帯を探り出した。この包帯が驚くほど長い。一メートル以上あったのではないか——それをようやく引きずり出すと、今度は新しい包帯を傷口から中に突っ込み、脱脂綿の弾で栓をされるのだ。そして、「三日後にまた来い」と言われるのだ。

私は自分の思い出を蘇らせて、脂汗を流したが、それをやられている青年は驚いたことに、苦痛の声ひとつ上げなければ、眉ひとつ動かさない——その忍耐強さは、異常だと思う。

私はその一部始終を時折目を背けながら眺めていた。そしてふと目をやると、そこには手作りのポスターが貼ってあった。字の読めない人のために、絵と写真で訴えている。絵は単純だ。手を洗わない男にバツがしてある。それからその男が洗わない手でものを食べる。そして最後には、象皮病に冒された無残な脚の写真が貼ってある。つまり、象皮病に気をつけましょう、と呼びかける啓発ポスターだったのだ。

「車に戻って、昼飯にしましょうか」

ディレクターのK君は病室から出てくるなり、そう言ったが、私は何も答えずにいた。

小高い場所に破壊された教会と、朽ちかけた東屋があった。雨も小降りだったので、私とY子さんは、その東屋まで登っていった。いい眺めだった。村の全貌が見渡せる。風が吹いて、霧が流れた。

すると目の前に、ほぼ垂直に切り立った断崖が姿を現した。高いところで四十メートル以上あるだろうか。そういう岩肌の壁が、見晴るかすかぎりずうっと向こうまで続いている。この断崖絶壁の向こうが、ミャンマーなのだという。まるで神がナイフで傷をつけて造ったような国境だ。メラーキャンプは、崖に沿って南北に長く設けられている。

「ここにいると、日本では本当に何でもないことが、実はありがたいことだったんだなあって、よく思います」

「それは、例えば?」

「……蛇口ひねると水が出る。スイッチ入れれば電気がつくとか、そういう何でもないことに感謝なんですよ、本当は」

「そうだねえ」

「例えば私の助手をやっているカレン族の娘がね、彼女はとても優秀なんですけど、ある時、こう言ったんです。『いいなあ、Y子はパスポートがあって』て。何が? って訊き返したら、ようするに彼女はパスポートがないんです。どこの国の人間でもないんです。だからどこへも行けないんです。私結構ガーンときちゃって。そうか……パスポートがあるっていうことは、幸福なことなんだって」

私はもし日本が世界から認められずに、パスポートも発行してくれなかったら……と想像してみた。その上、日本人全員が例えば四国に閉じ込められて、そこから出られないとしたら? それは想像するだに不条理で、承服できない状況だろう——だから彼らカレン族は未だに闘っているのだ。それは戦闘開始から四十年以上が経った今でも、承服できないものは承服できないのだ。

「……これを渡るのかよ」

私は水辺に呆然と立ちつくした。集落の北側、少し低い場所に来てみたら、そこはもう川になっていた。流れも激しくて、丸裸の子供たちが水遊びをしている。彼らの様子を見るかぎりでは、深くても腰までだろうと思われた。

「ワニはいないだろうな……」

言ってみたが、誰も答えてくれなかった。私たちはそれぞれ自分の荷物を頭の上に載せて、ゆっくりと川に入った。初めはくるぶし、次はふくらはぎ、と一足ごとに深くなっていって、へその上まで水がきた。水底はぬるぬるの泥濘である。幅は、十メートルもあったろうか。浅瀬を踏んで、気がゆるんだのか、渡り切る直前で私は転んだ。そして膝頭を水中のコンクリート片に打ち付けてしまった。痛かった。しかしそれ以上に私は傷口から細菌が侵入するのではないかということが、怖かった。

「何のために？」

私は思った。

「何のために今自分はこんなところにいるのだろう？」

Y子さんと助手を先頭に、一行は北側の高台に建つ仮設住宅を訪ねるのだ。そこには先週、ミャンマー側から逃げてきたカレン族の家族が避難しているという。何でも彼らが与えられた住居は昨夜の洪水で流されてしまったので、臨時の小屋に移ったばかりらしい。

密林の中の道を行くと、右手に教会らしきバラック小屋が建っていて、中から子供たちの声がした。彼らは下手くそだけど、聖歌を歌っていた。目的の家はこの教会の向かいにあった。訪ねていってみると、生活感のまったくないがらーんとした部屋に、白目のくっきりと際立つ四人のカレン族の家族が、座ったままで私たちを出迎えた。諦めたような、悲しみをたたえた瞳である。

一家は夫婦ともに三十代。七歳になる双子の男の子がいる。ところがそのうちの一人に異変が現れたのは、半年ほど前だったという。喉の左側が腫れてきたのだ。それはどうやっても治らず、今は拳くらいの大きさでぱんぱんに腫れ上がっている。これはどうしたのか、とY子さんに尋ねると、意外な答えが返ってきた。

「結核です」

「結核？　結核でこんなふうになるの？」

Y子さんは無言でうなずきながら、男の子の腫れ物の様子を診ている。

「どうするの？　治してやれるの？」

「今、薬がないから、どうしようもありませんね」

「どうしようもないんだ……」

私は男の子の喉に出来た腫れ物と、冷たく悲しい彼の瞳を交互に眺めた。

道の向こうの教会から子供たちの一際高い歌声が、蟬時雨のように響いてきた。

彼の戦場

ウドンタニ、という名前にどこか禍々しいものを感じるのは、私だけだろうか。ウドンタニはタイ東北部の県であり、ウドンタニ空港はベトナムにもラオスにも近い。ためにベトナム戦争の時、ウドンタニは最前線の基地として使用された。この空港で爆弾を装着し、ベトナム各地へ撒きにいっていたのである。それは乾期になると山へ行って浮遊地雷を撒くカンボジア兵士と、やっていることはほとんど変わらない。

このウドンタニ県のノンカイという田舎町に、T君は住んでいる。メコン川のほとり、ラオスとの国境沿いの小さな町である。

T君は私よりも五つ年下の三十三歳。職業は、傭兵である。傭兵つまり傭われ兵士だ。資料によると、今までに参戦したのはアフガニスタン、ボスニア・ヘルツェゴビナ、カレン族の紛争だという。平和な日本に生まれ、「戦争を知らない子供たち」さえ知らない時代に育ったはずの彼が何故、戦争を求めて戦地へ向かうのか？　それを聞き出すのが、私の役割だった。

傭兵と聞いて粗野な、獣のような男を思い描いていた私の想像は、あっさり裏切られた。ウドンタニ空港まで迎えにきてくれたT君は、身体こそごついが、温和な表情で静かに話す好青年だった。

「やあ」

「どうも」

短く挨拶を交わして、私たちはそれぞれの車に乗り込んだ。ノンカイまでは小一時間。空港に着いた時、空は晴れていたが、車で走り出すと間もなく、大粒の雨が降り出した。増水して荒れ狂うメコン川を見下ろす堤の上の道をしばらく走ると、小さな村に辿り着く。前を行くピックアップトラックが停止し、T君が降りてきて、「来い」と手招きして走り出す。私たちは大慌てでロケバスを降り、必死で後を追う。

「できるだけ道の真ん中を行ってください。端っこにはコブラがいますから！」

前を行くT君が、振り向いて大声でそう言った。が、その声も雨音にかき消されて、ほとんど聞き取れない。T君は歩を速め、すぐ先に建つプレハブの二階家に飛び込んだ。私たちもその後に続く。ほんの一、二分の間に、ずぶ濡れになってしまった。

がらんとした、殺風景な二間続きの部屋だ。事務机とパイプ椅子が一脚、テレビとビデオデッキ、ファックス。あるのはそれだけだ。私たちはT君にならい、入口のところで靴を脱いで、裸足で中に入った。床はピータイルで、足裏がひんやりとして心地よかった。

「ええと……タオルは……」

Ｔ君が事務机の引き出しを開けると、中にはナタのような大きさのサバイバルナイフが一丁、ごろりと転がっていた。目にしたとたん、全員がはっとした。実戦で使ったナイフか？　と誰もが思ったのだ。Ｔ君はその気配を察し、すぐに引き出しを閉ざしながら、

「最近、この辺泥棒が多いんですよね」

と低い声で言った。

「泥棒もたまったもんじゃないね」

この何もない部屋から何を盗もうというのか、と言いかけて、私は口を噤んだ。ここは日本ではないのだ。カンボジアではトイレの便器まで盗まれるという話を聞いた。それを思えば、この部屋にはお宝が沢山ある。

「ビデオデッキやファックスなんかは、高級品だもんな」

「そうですね」

「ファックスはこれ、戦争の情報とか集めるのに使ってるわけ？」

「ええ、まあそれもありますけど、主に原稿を日本の出版社に送るのに使ってます」

「原稿？　何か書いてるの？」

「ええ。戦争雑誌に戦記物を連載してます」

「戦争雑誌？　そんなのあるんだ？」

「沢山ありますよ」

「そうなんだ……結構金になるの？」

「月五万円くらいですかね……でもここに住んでいれば、月五万でお釣りがきますよ」

「そうか……傭兵で稼いだ金もあるしな」

「いや、それは違うんですよね。傭兵っていうと、金で傭われた兵隊ってみんな思うんでしょうけど、別に給料もらって戦争するわけじゃないんです」

「そうなの？　大金がもらえるんじゃないの？」

「違いますよ。戦地までの渡航費だって、自腹ですよ」

「それは君だけじゃなくて、傭兵はみんなそうなの？」

「そうですよ」

「どうして？　じゃあ何故、命がけで闘うの？」

「好きだからですよ。みんな好きで戦争やるんですよ」

「好きで……」

人を殺すのか？　と口にしそうになって、私は慌てて言葉を飲み込んだ。今さっき目にしたサバイバルナイフが浮かんでくる。あれで一体何人殺したのだ？　訊いてみたいのはそのことだが、もちろん口にすることはできない。T君は苦笑いを浮かべながら、じっとこちらを見据えてくる。その瞳には、ぴんと張り詰めた殺気のようなものが宿っている。いわゆる眼力がおそろしく強いのだ。

「それは……戦場にいる時の緊張感とか、生きている実感とか、そういうのが好きなのかな？」

「うーん、そうですね……そういうのが好きなんでしょうねえ。それだけじゃないだろうけど、よく分かりません。どうして戦争が好きなのかなんて、考えてみたこともなかったな」

T君はそう言って、不敵な笑みを浮かべた。どうせあんたなんかには分からないよ、という意味を含んだ笑いだった。私は言葉を失った。沈黙すると、急に雨音が迫ってくる。

「そうだ、二階も見ますか？」

私にではなく、傍らのディレクターK君に向かってT君は言った。

「いいんですか？」

「もちろん。どうぞ……」

結局タオルは見つからず、私たちは濡れねずみのままT君の後について階段を昇った。

裸電球が一個灯った二階の部屋は、十二畳ほどの板の間だった。一階と同じく、がらんとしていて、家具というものがひとつもない。突き当りと右手奥にある二つの窓には、内側から板が打ち付けてあり、外光を遮断している。二階なのに、地下室のようだ。右手の所々漆喰の剝げた壁には、三着の戦闘服がぶら下げてあった。色褪せたアーミーグリーンの戦闘服と、灰色と黒の迷彩服、緑と黒と茶の迷彩服。いずれもかなり使い込んだものだが、ぶら下がっている様子は、兵士の抜け殻のように見えた。奥へ進むと、左手の壁際に大きなアーミーグリーンのリュックサックが置いてある。弾けそうなほどぱんぱんに膨らんでいて、いかにも重そうだ。

「今、すぐにでも戦場へ出かけられるように、必要な装備はこうして準備してあるんです」

「予定は、あるの?」

「んー、傭兵仲間に声をかけられて、ザイールですかね。行きたかったんですけど、資金不足で。今、調整してるところですけど、無理かなあ」

「これ、銃とかも入ってるの?」

「いや、兵器は基本的に現地調達で」

「ちょっと持ってみてもいいかい?」

「いいですよ」

含み笑いでそう言われて、私は持とうとしてみた。が、とても片手で持ち上がる重量ではない。

背負おうとしても、多分立ち上がれないだろう。悪戦苦闘していると、T君はおどけた口調で言った。

「そうだ、銃器はないけど、手榴弾が何個か入ってます」

「おいおい、勘弁してくれよ」

私はリュックをそっと置いて、後ずさった。

「嘘ですよ」

T君は無邪気な笑い声を立てた。

雨音が激しくなった。二階に上がって屋根に近づいたせいもあろうが、殺人的な降り方だ。

「メコン川、大丈夫なの?」

「いや、大丈夫じゃないですよ。しょっちゅう氾濫して、大変な騒ぎです。でもこっち岸はね、まあ一階が水没するくらいなんですけど、向こう岸は地獄ですよ」

向こう岸というのは、ラオスだ。例の一晩で六メートルも水位の上がる豪雨が降るのだ。氾濫した川の水で何もかも流されてしまうから、ラオス側の人々の多くは家を持たない。大きな木の根本で暮らし、雨が降ってきたら木に上る――カンボジアの人々と同じだ。私はそのことを言おうかとも思ったが、彼にとってそんなことは珍しくもないことだ、と気づいて、話題を変えた。

「こっちの、灰色と黒の迷彩服は、どこの？」

「クロアチア軍の正式の戦闘服です」

「自衛隊の服はないんだね？」

「自衛隊……！」

T君は苦い顔をして、呻いた。

「棄てましたよ」

「あんまりいい思い出はないんだ、自衛隊？」

「ありませんね」

「高校卒業して、すぐ自衛隊に入隊したんだよね？」

「はい。それはもう中学生の頃から決めてました。銃器を扱ったり、戦艦や戦闘機を操ったりできるのは、日本じゃ自衛隊だけですから」

「でも、入ってみたら失望した？」

「もうがっかり、ですよ。軟弱でねえ。同僚も上官も女の腐ったような奴ばっか。闘う気なんて、これっぽっちもないんですから。男がいないんです。むしろ女の自衛官の方が、男っぽかったりしてね」

「平和ボケってやつかね」

「ボケじゃなくて、バカですよ。口を開けば、愚痴か泣き言。卑怯、未練な奴ばかりで、二十代三十代で老後のことなんか考えてるんですからね。老後こうなるためには、今それはできないって言って、自分で可能性の幅を狭めているのが、分からないんですかねえ」

「じゃあ、入隊してすぐ嫌になった？」

「嫌になりましたね。ただ訓練は楽しかったし、自分は空自に入って、ジェット戦闘機の操縦ができるようになりたかったものですから、それまでの辛抱だと」

「我慢して訓練につとめたわけだ。で、飛行機の免許を取得してから、辞めたんだ？」

「いいえ、訓練中に背中を怪我しましてね。飛行幹部候補生を罷免されました。配置転換を命じられて、残る手もあったんですが、もう嫌気がさしてましたからね。自分から望んで、積極的に除隊しました。何の未練もなかったですね」

「そうか……」

雨がひときわ激しくなった。音声マンがディレクターK君に目配せをする。録音状態に問題があるのだろう。それに閉めきった二階の部屋は、ひどく蒸し暑い。

「下へ行きましょうか」

それと察したT君が、そう言って先に階段を下りていく。私たちはほっとして、後に続いた。しばらく呼吸をするのも忘れていたかのように思えた。

一階の部屋は、二階の部屋に比べれば、ずっと涼しく感じられた。私は何度か深呼吸をしてから、床に胡座をかいて座り込んだ。尻がひんやりして、心地よかった。

T君はどこからか四角いクッキーの空き缶を持ってきて、ディレクターK君に手渡した。蓋を開けると、中には何十枚かの写真が、乱雑に入っていた。

「ほとんどアフガニスタンの写真です」

T君が言った。

「初めてだったから、面白がってたくさん撮ったんですよ」

見ると、どの写真も背景は黄土色の砂漠だった。機関銃を手に、ポーズをキメるアフガニスタンのゲリラ兵たち。前線からはよほど離れているのだろう、誰もが屈託のない笑顔だ。何枚かには、T君の姿も写っている。戦闘服ではなく、現地人と同じアラブ風の衣装に黒いターバンを巻いている。日に焼けて、口髭をたくわえたその顔は、精悍な兵士そのものだ。

「これは何年のこと?」

「八八年ですね。自衛隊を除隊した直後です」

「何故アフガニスタンだったの？」

「そりゃあ、大義があったからですよ。いきなり侵攻しやがって、ソ連許せん、と。先の大戦の時だって、不可侵条約を一方的に破って満州に侵攻したでしょう。あいつら基本的に卑怯なんですよ」

「義憤にかられたってわけだ」

「そうですね、まあ除隊したタイミングとも合ってましたしね。ツテをたどって、ムジャヒディンの一派に紹介してもらったんです。鉢巻き締めて、『死んできます！』って感じで、日本を飛び出した」

「無茶だなあ」

「無茶ですよ。本当に死ぬ気でしたからね。成田を発つ時から、もうテンパッてました。だから飛行機の中のこととか、空港に迎えにきた奴のこととか、何も覚えてないんです。はっと気がついたら、砂漠のど真ん中の野営地にいた、って感じです。言葉が分からないから、入隊の手続きなんかが面倒だなと思っていたんですけど、そんなもの一切なし。小隊長が出てきて、握手して、はい入隊完了。即、最前線に連れていかれて、塹壕の中に放り込まれる。アドレナリン全開で、もう何が何だか分からないまま機関銃ぶっぱなしてました」

「そういうものなのか……」

「そういうものなんです。戦争ですからね」

「怖がるひまもないわけだ」

「ありません。特に初戦はね。頭に血が昇って、かっとなって、盲滅法に撃ちまくるだけです。だけどその夜、野営地に帰ってきて寝袋に入ると、急に恐怖がこみ上げてくるんです。怖くて怖くて、全身ががたがた震えが止まらないんです」

「それは……人を殺してしまったという怖さ?」

「それもあります。不思議なもので、致命傷を与えた銃弾の手応えっていうのがあるんです。あ、今の弾は当たった、殺したなって。でもそれは恐怖じゃなくて、安堵に近いものです。初戦の夜に襲ってくる恐怖というのは、多分その逆を考えるからじゃないかな」

「逆、というと?」

「つまり……自分が撃たれて死んでいたかもしれないんだって考えるわけですよ。相手を殺したから、今自分は生きているんだ。自分が死んでいたら、相手は今頃生きていたんだ。そんなことを延々と考えていると、怖くて身体が震えてくるんです。もちろん一睡もできませんよ。朝になって、さあ前線に行くぞって言われても、怖くて動けない。『ちょっと具合が悪いから休ませてくれ』って泣きを入れると、大笑いされてね。『初戦の翌日はみんなそうなるんだ』と言って、無理やり最前線に連れて行かれるんです。だから二戦目は、一発も撃たなかった……で、野営地に帰ると、またがたがた震えて眠れない。朝がくるのが、怖くてたまらない。その繰り返しです」

「逃げようとは思わなかったの？」

「だって砂漠のど真ん中ですよ。しかもそこらじゅうに敵がいるんですからね。生きるためには、闘うしかないんです。それが分かってくると、もう怖くなくなりました。肚が座ったって言うか……麻痺してきたんでしょうね」

「その戦闘が続いたのは、どれくらいの期間？」

「一年ちょっとでしょうかね。自分が参戦して間もなく、ソ連の撤退が始まりましたから。後半はもう、内戦でね」

「内戦ていうと？」

「アフガニスタン兵同士の抗争です。仲間同士の殺し合いですよ。スンニ派とシーア派に分れてね。こうなるともう大義も正義もあったもんじゃない――やってらんねえやと思って、一旦帰国しました」

言い終わるとT君は立ち上がり、台所へ消えた。ガラスの触れ合う音がして、瓶コーラを手に戻ってくる。机の角を使って栓を抜き、私たちに手渡してくれた。瓶の側面にはタイ語が並んでいて、何か禍々しい飲物のように思えた。それを飲みながら、手元の資料に目を走らせると、こうあった。

〈九〇年代に入り、活動の拠点を東南アジアに移す。カレン民族解放軍に加わり、ビルマ（現ミャンマー）からの独立戦争に参戦。九四年から九五年にかけてはクロアチア傭兵部隊（ビッグ・エレファント）の一員として、ボスニア・ヘルツェゴビナ紛争に参戦。一旦帰国後、再びカレン民族解放軍に参加〉

いつのまにか雨音が消えていた。西側の窓から、薄日が差し込んでいた。煙草に火をつける。煙を吐き出しながら、私は訊いた。

「戦場から日本に戻ってみて、どうだった？　やっぱり物足りなかった？」

「そうですね。物足りないっていうか、物悲しい感じがしましたね。何かこう、すかすかで。生きてるんじゃなくて、死んでないだけの奴らが、から騒ぎしてる――そんな感じですかね」

「じゃあ、すぐにまた日本を出た？」

「すぐじゃあないけど……半年くらい日本でくすぶってましたよ」

「半年後には日本を出たんだ。で、そのままカレン族の戦争に参戦したの？」

「いや、まずタイに入って、ここより少し南へ下ったところに部屋を借りましてね。ここを根城にして、また『ミャンマー許せん！』という義憤にかられて出発しました」

「カレン族の戦場は、アフガニスタンの戦場とは何か違った？」

「カレン族の場合は森の中が戦場ですから、砂漠とは大分違った環境でしたけど、まあ戦争ですからね――やることは同じですよ。戦争はねえ……何でもありですから。卑怯もへったくれもなくて、生き残るために闘うしかないんですよ」

しばらくの沈黙があった。すると気を遣ってか、ディレクターK君が脇あいから口を挟んだ。

「ビデオがあるんですよね？」

「ああ、見ます？　首切りのビデオ」

そう言ってT君は立ち上がり、ＶＨＳのビデオテープを二本、手にしてかざして見せた。

「何だよ、首切りって？」

K君を見ると、渋い顔をして小さく首を横に振っている。無理には見ない方がいい、と瞳が語っていた。

「僕は結構。見る気しないよ」

自分としては精一杯毅然とした声で断った。それから私は溜息まじりにこう呟いた。

「どうしてそんなビデオを撮るかね……」

「復讐ですよ。先にミャンマー軍の方が、カレン兵の捕虜の首切りビデオを撮って、公開したんですよ。だからこっちもミャンマー兵の捕虜の首切りビデオを撮って、送りつけてやったんです。向こうが挑発してきたんです」

「だからといって、僕は見ないよ」

ぬるいコーラを一口飲んで、私はテレビに背を向けた。

「まあ、そうですよね。見ない方がいいですよね。メシ食えなくなるかもしれないし。じゃあ、こっち見ましょう。『爆破大作戦』。これは一緒にカレン戦線に参戦した日本人の傭兵仲間と、二人で撮ったものなんですけど……まあ、見てもらえば分かります」

T君はそう言って、ビデオデッキにVHSカセットを挿入した。テレビをつけ、チャンネルを2に合わす。

画面には、戦闘服にヘルメットを被ったT君が映った。軍隊式にサッと敬礼して、きびきびした口調でこう言う。

「歩兵第三部隊T上等兵であります！　只今〇六〇〇、これより爆破大作戦！　最前線へ向かいます！」

手書きの下手くそな字で「爆破大作戦」とスーパーが入る。

どでかいリュックを背負って、行軍するT君の姿が、次々と映しだされる。そのバックに男声コーラスで軍歌らしき歌がハミングで流れる。ジャングルの中を行軍するT君、渓流を行軍するT君、崖みたいなところを行軍するT君。やがて画面は真っ暗になり、闇の中でこそこそ囁くT君の声が聞こえる。

「只今、〇一〇〇。最前線に到着しました。敵は約三百メートル先の林の中で野営しております」

画面が揺れて、違う闇が映し出される。月明かりに照らされた木立の影が、黒々と見えている。

「これより爆薬のセッティングに行ってまいります」

闇の中にT君の囁き声が響く。続いて、匍匐前進する音が闇の奥へ消えていく。

夜明け前だ。木立の背景をなす空が刻々と明るくなってくる。画面の隅に、戻ってきたT君の顔が覗く。カメラのマイク部分に口を寄せ、耳打ちするように囁く。

「〇三三〇、爆薬セッティング完了。只今、〇五〇〇、敵が動き始めました」

目をこらすと、薄明かりの中、懐中電灯の明かりがちらちら見える。螢みたいだ。

「接近中。只今の距離二百メートル。まだよ……まだまだ」

T君は双眼鏡に目を当てて、指示を出す。爆破スイッチを押すのは、別の兵士らしい。

「まだよ……まだよ……」

静けさが辺りを支配する。長い、長い間だ。まだかまだかとじりじりして待つ。と、不意にT君が大声を上げた。

「てええーッ！」

轟音！　同時に画面がぐらぐら揺れた。大爆発である。爆風で、何かがカメラの目の前まで吹き飛ばされてきた。どさッと音を立てて草むらに降ってきたのは、掌だった。小指と薬指がちぎれて失くなっていたが、確かに人間の掌だ。

「大成功です！」

T君が叫び、周りからも歓声が上がる。味方の兵士が、何十人もいるらしい。

そこでテープは終わっていた。

誰もが言葉を失って、唖然としていた。そんな私たちの顔色を確かめて、T君はどこか自虐的な笑みを浮かべていた。

「すごい威力なんだな……」

ビデオでこんな迫力なんだから、生で体験した時の迫力はいかばかりかと、私は恐ろしくなった。

「参戦して、最初の頃は、他に二人、日本人の傭兵がいましたから、色々と作戦立てて、色々とやりましたね。森の中のゲリラ戦ですからね、喜々として闘ってましたね……でも半年くらいして、

Nっていう日本兵が地雷踏んで死んでからは、慎重に闘うようになりました」

T君は真摯な顔つきになって、そう言った。

「……この九四年のボスニア・ヘルツェゴビナ紛争に参戦したのは、やっぱり義憤にかられて？」

大分時間が経ってから、私は尋ねた。T君はしばらく考えていたが、やがてまっすぐにこちらを見ながら答えた。

「はい、そうです。『セルビア人許せん！』というのがあって、傭兵部隊に参加しました」

「傭兵部隊っていうのは？」

「世界各国から集まった戦争好きの傭兵部隊です。多い時で、三、四十人いたかな。この人数で、ボスニアの小さな村を守ったんですよね。村民？　二百人くらいかな。もちろんこちら側も被害甚大でした。民間人もかなりやられたし、傭兵も十人近く死んだかな……」

「そういう時、戦友が死んだ時は、何か特別なことはしないのかい？」

「別に、何もしませんよ。夜、バーに集まって、『いい奴だったな、乾杯』てビール飲んで、終わりですよ。次の日はもう忘れて、最前線で闘うだけです。死んで悲しいとか、そんな気持を引きずってたら、戦場には立てません……そういえばフランス人の兄弟の傭兵がいましてね、弟の方が目の前で爆死したんですよ。その後、生き残った兄貴は元気を失くして、ぼうっとしちゃってね……

結局郷里のフランスに帰りましたね」

「そうか……」

私はぬるいコーラを一口飲んだ。それは何だか奇妙な味に思えた。

「出ましょうか」

T君はそう言って立ち上がった。雨はすっかり止んでいる。室内はひどく蒸し暑かったので、皆ほっとして、彼の後に続いた。

外は、雨上がりの好い匂いがした。家の前の細道は下り坂だ。しばらく下ると、メコン川に突き当たる。そこに高いコンクリートの堤が築かれている。なるほど、だからタイ側には水が来ないのだ。

「うわあッ!」

私は声を上げた。

ものすごい夕焼け空だった。見たこともない巨大な茜雲が、メコン川の上空に浮かんでいる。満々と水をたたえた川の向こう岸には、案の定堤はない。密林の際まで水に浸かって、時折、かなりの大木がへし折れて、押し流されてゆく。私はぽかんと口を開けて、その壮大な夕景をただ眺めていた。しばらくの間、誰も、何も言わなかった。

「煙草、一本もらえますか?」

T君にそう言われて、私はマルボロを差し出した。自分も一本くわえて、火をつける。

「ああ、美味いな……」

いい風が吹いてきた。私は風上に顔を晒しながら、ぽつりと問いかけた。

「T君にとって、平和ってどういうこと?」

「平和、ですか……」

T君は煙を吐き出しながらしばらく考え込み、

「……明日があるってことじゃないですかね」

と答えた。

花火

タイ航空の機内で、私は深い眠りに堕ちた。そして誰かに追いかけられているような、誰かを追いかけているような、取り留めのない夢を見ていた。

「お客様……」

日本人の客室乗務員に声をかけられて、目が覚める。

「まもなく着陸です。シートの背を……」

言われて、座席のリクライニングを元へ戻す。シートベルトはしたまま眠っていたらしい。窓外に目をやると、雲の切れ間に緑が見えた。

「日本だ……」

私は呟いた。

「帰ってきた」

小声で口にしてみても、一向実感が湧いてこない。着陸態勢に入ったせいもあろうが、緊張の糸はぴんと張ったまま、緩みはしない。

午後七時。飛行機は無事成田空港の滑走路に着陸した。車輪が大地を捉える際の衝撃が、ずしりと腹に響いた。この一月弱の間に、何度この衝撃を味わったことだろう——指折り数えてみると、十八回。自分でも信じられない異常な回数だ。

ロンドン、アスマラ、ローマ、ジュネーヴ、チューリッヒ、ベオグラード、パリ、バンコク、プノンペン、ピサヌローク、メソット、ウドンタニ。経由地を含めて、訪れた都市をひとつずつ思い出してみる。すると、胸が悪くなってきた。それは、一月前に東京で黄熱病の予防接種を受けた時の気持悪さに似ていた。

考えてみれば自分は、黄色い熱に浮かされて、キナ臭い場所をただ彷徨ってきただけなのかもしれない。そしてその熱は、成田に着いた今もまだ冷めていないのかもしれない。

いつもなら嫌というほど待たされる入国審査も、荷物の受け取りも、驚くほどスムースに済んだ。私は大きなキャリーバッグをがらがら引っ張って、到着ロビーを横切った。そこには多くの旅行者や出迎えの人々がいたのだが、何だか誰もが命のない「物」のように思えた。日本に帰ってきた、という嬉しさも懐かしさもまるで感じられない。旅はまだ続いていて、どこかの経由地に降り立ったような気分だ。

外へ出ると、辺りは夕闇に包まれていた。

タクシー乗り場に直行すると、待っている人の数は少なく、すぐに黒いクラウンに乗り込むことができた。個人タクシーで、車内は新車の匂いがした。運転手は帽子と白手袋を着用した、六十代らしき人だった。トランクに私の荷物を積み込むと、運転席に座り、肩越しに振り向いて、

「おかえりなさい」

と機嫌のいい声で言った。

「三鷹までお願いします」

私は言った。

「首都高の四号線に入って、調布のインターで下りてもらえますか」

「承知しました」

タクシーは走り出した。それは、海外で乗ったどの車よりも快適な走り心地だった。

「これは、新しいクラウンですか?」

私が尋ねると、運転手はよくぞ訊いてくれましたといった口調で答えた。

「そうなんです。先月おろしたばっかりでね」

「静かですね」

「でしょう。タイヤもね、レグノ履いてるんですよ。これがひたあっと走るタイヤでね。震動も

少ないから、運転してても全然疲れないんですよ」

嬉しくてたまらない、といった声だった。幸福なのだ、この人は、と私は思った。くすぐったい気持だった。

「お客さんは、どちらから?」

そう訊かれて、私は一瞬返答に詰まった。長く、めまぐるしい旅の一部始終が甦ったが、それを一々説明するのはさすがに気が退けた。

「タイです。バンコクから帰ってきました」

「そうですか。タイですか。暑いんでしょう?」

「暑かったですね。行ったことあります?」

「いやあ、あたしは生まれてこのかた日本から出たことはないんです。田舎者でね」

「日本がいいですよ」

「そうですかね」

「日本が一番いいですよ」

私は自分に言い聞かせるように言った。

やがて車が浦安を過ぎた頃、後方の空が瞬間的に明るくなった。花火だ。

「ディズニーランドの花火ですかね」

運転手がサイドミラーで確認しながらそう言った。

「ああ、花火か……」

私は呟きながら、ノンカイで会ったT君のことを思い出していた。彼はこんなことを言ったのだ。

「久しぶりに日本に帰った時にね、日本人の傭兵仲間のNって奴と一緒に、花火大会に行ったんですよ。そしたら一発目がヒューンって上がった瞬間に、二人とも反射的に植え込みの中に飛び込んで伏せちゃってねえ。周りの人たちに何事だって顔で見られて、恥かいちゃいました。RPGって、知ってます？　ロケットランチャーなんですけど、その発射音にそっくりなんですよ、花火の音が。RPGはね、発射音がしてから三秒以内に伏せないと、爆風で即死なんです。二人ともその怖さが染み付いててね。Nの奴なんか『RPG！』って叫びながら伏せたりして……笑っちゃいましたね」

しばらく走ると、タクシーは京葉道から首都高に入り、大きく弧を描きながら高い道に到った。ここからは東京の街を見下ろすような形になる。

と、北の空がまばゆく光った。花火だ。今度のは、ディズニーランドのそれとは比べものにならないほど大きい。しかも間を置かず、次々と夜空に花開く。

「あー、隅田川の花火ですね。昨日、大雨だったから、今日に延期になったんですね」

「うわあ、見事ですねえ」

そう言っているそばから、今度は南の方で大きな花火が上がった。私も運転手も、思わず奇声を上げた。東京湾の花火大会だろうか。昨日の雨のせいで、おそらく二つの花火大会が重なったのだ。

「運転手さん、ゆっくりやってください」

「そうこなくちゃ」

タクシーは左車線に入り、四十キロくらいの低速度で走っていった。私たちは無言のまま、北と南に次々と上がる花火に見入っていた。

●**世界の軍事費　冷戦後最多に**（朝日新聞、二〇一八年五月八日）

軍事分析で知られるストックホルム国際平和研究所が二日、二〇一七年の世界の軍事費の報告書を公表した。前年比一・一パーセント増の一兆七三九〇億ドルで、一人あたり二三〇ドル（約二万五〇〇〇円）。一一年の一兆六八九〇億ドルを上回り、一九八九年の冷戦終結後で最高となった。

世界の軍事費は九〇年代後半に約一兆ドルまで減ったがその後急増。緊張が続くアジアでの軍拡が主な原因だ。

●**国連が警告…独裁国家エリトリアの想像を絶する現状**（https://matome.naver.jp/odai/2143398239920597801）

日本ではあまり知られていないアフリカの「エリトリア」という国。紅海に面したアフリカ北東部に位置。一九六一年から一九九一年までエチオピアと三〇年にもわたり戦争していた。人口五六〇万、面積約一二万平方キロ。一九九一年、武力闘争によってエチオピアから独立した若い小国。

問題になっているのが、エリトリアは、イサイアス・アフェウェルキ大統領の実質独裁国家であるということ。独立以降、ずっと同じ大統領。憲法が施行されていないので選挙もない。

国外へ出ることは許されない。国内の移動ですら許可が必要。一時は逃亡を図った者をその場で射殺するルールが施行されていた。司法はまったく機能していない。

昨年(二〇一四年)半ばまでに三五万七〇〇〇人余りが国外へ脱出。毎月四〇〇〇人以上のエリトリア人が圧政を逃れるために祖国を離れている。

国連はエリトリア政府に調査許可や情報を求めたが、応答は得られていない。同国の大統領報道官や外務省は、これらの報告を「作り話だ」などと強く批判している。

●セルビア人帰還者について

(材木和雄「クロアチアにおけるセルビア人難民の帰還と再統合――雇用問題の側面からの考察」)

二〇〇七年七月のクロアチア政府の発表によると、一九九五年末に始まった難民と避難民の帰還プロセスの中でクロアチア政府に帰還を届け出たセルビア人は一二万四四七二人であり、このうちセルビア・モンテネグロから九万一六五一人、ボスニア・ヘルツェゴヴィナから九二五六人、東スラヴォニアの元セルビア人支配地域から二三五六人であった。内戦の前後にクロアチアを去ったセ

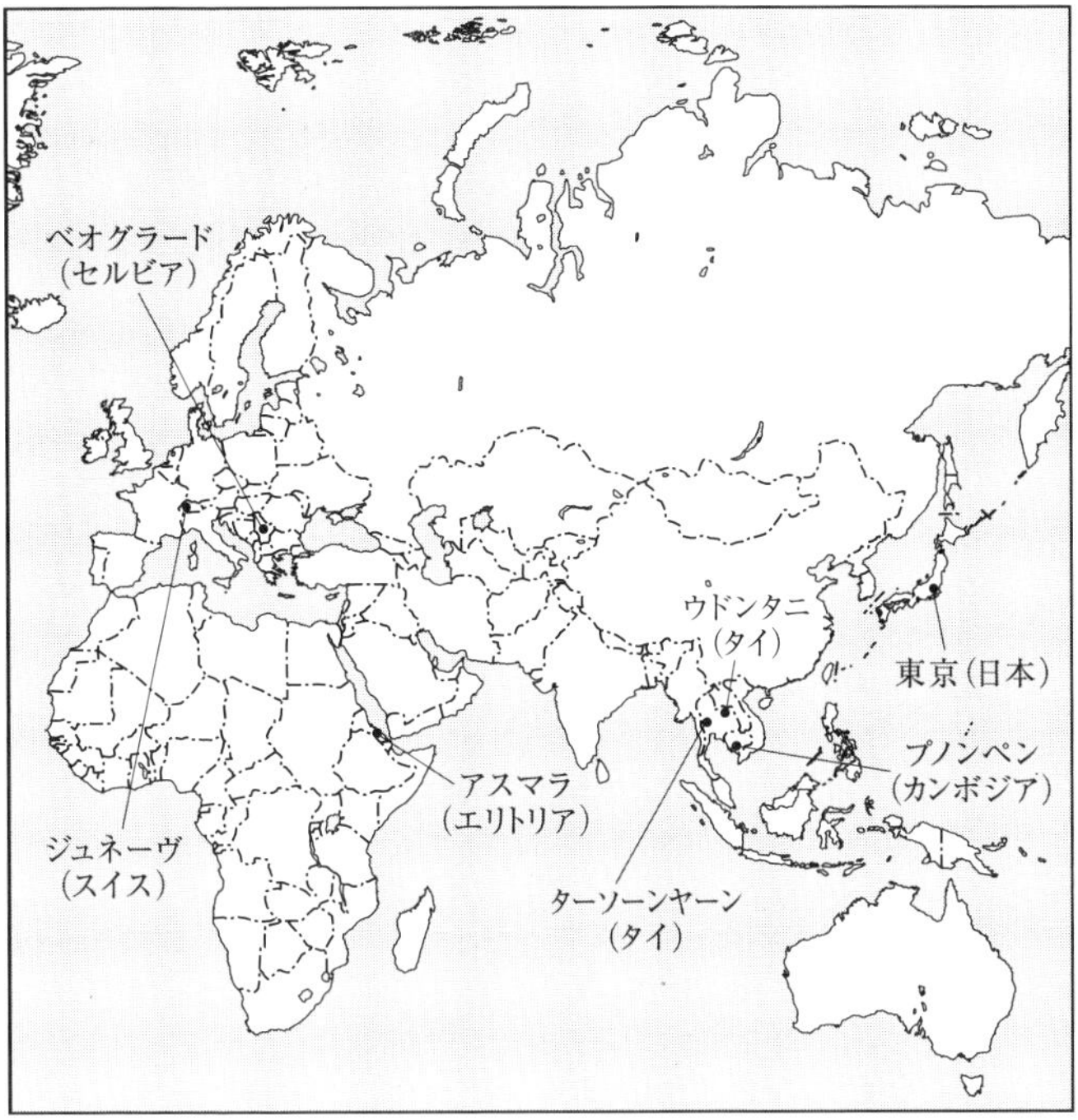

ルビア人の数を仮に四〇万人とすると、クロアチアに戻った者の数は出国者の三分の一にも満たないことになる。

●**カンボジア・地雷**（http://cambodia-life.info/saf-150722/）

確かにカンボジアでは一九八〇年代のポル・ポトによる内戦時に、カンボジア全土に大量の地雷が埋められました。しかし今では、多くの団体の支援や活躍でその数は激減しています。

（中略）

ただし、カンボジアで地雷の

問題が終結しているのかと言えば、残念ながらそうではありません。（中略）国境付近など一部の地域で地雷はまだ大量に残っており、その地域に住む人にとっては未だに現在進行形の大きな問題なのです。

●**カレン民族解放軍**（ウィキペディア）

一九四八年ビルマがイギリスから独立を果たした際、ビルマ国内の諸民族がビルマ政府との共存を試みていたのに対して、カレン族は、ビルマからの分離独立を強く志向していたため、ビルマ政府とカレン族との間は強い緊張状態にあった。（中略）

緒戦においては、カレン族側は北ビルマの多くを制圧した。しかし、港湾を奪還され、補給が途絶えたため南東部に封じ込められた。ＫＮＬＡ（カレン民族解放軍）は、南東部に解放区・コートレイを作り、ミャンマーとタイとの国境地域を実効支配している。コートレイの「首都」マナプロウの街はミャンマー連邦政府に対する反政府勢力の大きな拠点として注目されたが、一九九四年一二月、仏教徒グループが民主カレン仏教徒軍（ＤＫＢＡ）を称し軍事政権側へ離反したため、一九九五年一月に、ＤＫＢＡとミャンマー軍の攻撃を受けてマナプロウは陥落、同年二月には最後の要衝コムラも陥落した。以来、残存勢力はミャンマーとタイの国境を流れるサルウィン川両岸を遊弋し、僅かに残る支配地域をコートレイとして死守。コートレイに侵攻してくるミャンマー軍に対して、先進国に無視され「忘れられた戦争」とも呼ばれる解放闘争を現在も継続している。

現在、コートレイの中には士官学校や独自の行政機関が樹立されており、構成員は正規軍としての体裁を整えている。装備もM16自動小銃やM1ヘルメットなど旧西側製の装備が多いとされている。

日本人傭兵高部正樹が所属し、共に戦ったことでも知られる。高部によれば日本人義勇兵が何人も民族解放軍に参加していたという。二〇〇一年五月には戦死した三人の日本人義勇兵を記念する碑が建てられ、解放軍将兵や民衆が式に参加した。碑文には『カレン民族独立を志し、少数民族の人間としての尊厳のために、青春の情熱と命を捧げた日本人自由戦士　ここに眠る』と刻まれている。また日本人以外にもオーストラリア人、アメリカ人、フランス人などが義勇兵として参加している。

あとがき

やや黄色い熱をおびた旅から帰って、二一年が経った。

今は二〇一八年、と書いてみて、私はちょっとした驚きを覚える。どういうわけか、未だに二一世紀になじんでいない自分に気づく。二〇世紀がよかった、二一世紀はよくない、というのではない。これは単に相性の問題、私の年齢の問題なのだと思う。

そんな居心地の悪い二一世紀にいて、私は二〇世紀の旅のあとがきを今、書こうとしている。筆は鈍く、これだけ書くのに一カ月もかかってしまった。

「二一年経った現在でも、世界中で紛争の火は消えていない」とか「二一年経った今の方が、当時よりもずっと状況は悪くなっている」とか「戦争と平和についての物語は、決して古びることはない」とか書くのは簡単だ。けれどそれは大声で「戦争反対！」とか「世界に平和を！」とか叫ぶことと、あまり変わりはないような気がして、どうしてもためらわれるのだ。そんな言わずもがなのことを訴えるために、私はこれらの物語を書いたわけではなかったはずだ。

読者諸兄には、これらを一読して、何かを感じてくれれば、それでいい。何も感じなかったら、それは私の問題である。

最後に、岩波書店の坂本政謙氏に最大級の感謝の意を表したい。氏の力強い伴走がなければ、これらの物語は決して本になることはなかっただろう。

二〇一八年七月吉日　　原田宗典

初出：岩波書店ホームページWEB連載、
二〇一七年四月―一八年二月
本書は右記に加筆修正しました。

原田宗典
1959年生まれ．早稲田大学第一文学部卒業．1984年に「おまえと暮らせない」ですばる文学賞佳作．主な著書に『醜い花』(岩波書店，2008年)，『メメント・モリ』(新潮社，2015年)，『〆太よ』(新潮社，2018年)，訳書にアルフレッド・テニスン『イノック・アーデン』(岩波書店，2006年)がある．

やや黄色い熱をおびた旅人

2018年7月10日　第1刷発行

著　者　原田宗典《はらだむねのり》

発行者　岡本　厚

発行所　株式会社 岩波書店
〒101-8002 東京都千代田区一ツ橋2-5-5
電話案内 03-5210-4000
http://www.iwanami.co.jp/

印刷・精興社　製本・牧製本

ISBN978-4-00-025357-4　　Printed in Japan